CULTIVEZ VOTRE TEMPÊTE

De l'art, de l'éducation, du politique,
de l'universalisme...

激發你的風暴

歐利維耶・畢——著
周伶芝——譯

Olivier Py

歐利維耶・畢（攝影／李芸霈）

目錄

Contents

不可能
的
引退

道納廷．格勞（Donatien Grau）

序

閱讀歐利維耶·畢的作品能激起人的熱情也令人感到驚嚇。驚嚇，是因為閱讀其作確立了他引退意願的證明。而它激起熱情，也是因為，確切知道，出於一種本質上難能可貴的命定，這個引退絕不可能，這本書邀請讀者一起思考重新再造的幾條路徑。

這所謂的引退，指的是藝術上的引退。看到不少藝術家在近期紛紛放棄創作，頗令人訝異，好比：在紐約的華裔美國藝術家陳佩之（Paul Chan），就曾正式宣布退出藝術圈，以強硬姿態全身投入政治活動以及經營出版社。莫瑞吉歐·卡特蘭（Maurizio Cattelan），在古根漢美術館舉辦告別回顧展「All」，決定以此舉作為他藝術家生涯的最後一個句點，他說：「藝術不再能讓我理解我們所生活的世界。」

在卡爾文·湯姆金斯（Calvin Tomkins）為《紐約客》所寫關於達米恩·

赫斯特（Damien Hirst）的介紹裡，他詳實記述赫斯特的話，赫斯特於二〇一二年春夏兩季在倫敦的泰特現代美術館舉辦回顧展時，他曾說過：「如果不是我太太強迫我的話，可能早在很久前我就不做藝術了。」

而更極端，也是在這之中最具悲劇性的，便是影響力極大的麥克·凱利（Mike Kelley）於二〇一二年二月時自殺身亡。原因除了藝術家個人的生活狀況對其造成極深的影響和傷害，在這恐怖的舉動裡也包括了一位藝術家的絕望，自殺前幾日，他曾對他的朋友們說：「如果今天我能夠回到我決定當藝術家的時候，我絕對不會做這個選擇。」

藝術的引退是一種想望。它牽涉到的是放棄關於創作的想法，這個想法認為物體可以透過創作被激活，被視作可以藉此賦與一種存在、能量、神聖性，而這幾乎是在日常生活中無以發展的部份。當然不能太過天真：這個放棄不只是藝術家們的一項選擇。它是整個社會施壓在他們身上的一種束縛，因為這個社會不久前還相信他們擁有先知的能力，而現在為了文化產業的利益而拋棄他們。文化產業，這就是當代的作法：文明社會找到了如此多的替代、如此多的托辭好不再相信它的藝術家們。如同極簡主義先驅卡爾・安德烈（Carl Andre）說得極好的一句話：「藝術是我們做出來的，文化則是為了我們所製造的。」

如果引退是一種想望，藝術就是一種抵抗。而抵抗從來就不容易。有時——沒有人會說「通常」——會有在荒僻之處獨自說話的感覺，但這件事從來就不引人企求。那麼，必須要在一片沙漠之中創作代表什麼意義呢？

因為，若有沙漠，看來似乎是起因於關注（l'attention）的危機——來個彆腳的文字聯想遊戲：張力（la tension）的危機。因為抵抗不只是藝術家的抵抗，這些抵抗的藝術家，無論作品是以何種形式表現，都選擇致力文字、深信圖像，就為了能完全呈現給他者、公眾看。然而這個抵抗也屬於公眾本身的抵抗。再一次地說明，因為，若只是想要消遣、想要娛樂其實是可以很簡單、很舒適且合情合理。那又為何要冒厭倦的風險呢？

那麼，在一個重新定義的時代，這每個人為了辨識自己是誰而吃盡苦頭的時代，我們為什麼會見鬼似地感到厭倦？又如果我們試圖要改變個人的認知，一定還有其他方法，較之任何一種形式的藝術都不這麼嚴苛且顯然更令人愉悅，更何況，像是劇場，當然，我們還必須要坐在那兒專注地看和聽，有時還不太舒服。劇場這門藝術不適合給疲倦的人們看。但我們現在卻對一切感到疲倦。

我們所歸屬的文化實際上是一種疲倦的文化——或者精確點地來說：倦

怠的文化。我們或許可以賈克・洪席耶（Jacques Rancière）的方式來說：「對疲倦的人來說可惜了。」疲倦是肉體上的，它在身體裡根深柢固，並且同時也是道德上的、宗教上的和藝術上的。這是一種全面的疲倦——而正如它是全面性的，且既然一切都是政治性的，它也變成城市文明不可或缺的一部分。

歐利維耶・畢的活力常常帶來刺激、使人不快。他專門在安份守己的魚缸之外激進。然而這股輕率冒失的活力，確切來說是瘋狂的活力，卻是芝麻開門的咒語。也因此造就這本文集主要的文學寫作目的。此刻的處境、衰竭耗盡——就讓我們用這個詞來表達——甚至感染了那些處於領導地位的人，那些必須要持續保持精力的人，也就是藝術家、政治人物、思想家、作家等。我們現在來到了耗盡的藝術，耗盡的政治、耗盡的思想。

歐利維耶·畢意識到這個處境，以及這個處境所涉及到不可小覷的危險。他知道一切都是為了要帶著我們過渡到別的地方。畢竟，當我們發現自己正面臨阻礙時，我們會怎麼做呢？當然，我們會慢下來。可是身為藝術家則決不放慢速度。他會加速前進。

實際上，這些文章所組成的就是一則關於加速的忠告。並不是指文化的加速，那只不過是另一種型態的疲勞，總是在強調接著、接著、接著；而是指膨脹時間性的加速，另一種取得時間感的方法。這則忠告是他以一位作者和導演的身分，向社會主義者、藝術家和學生們大膽建言，一如他在此書中寫的文字，在裡面傳達的徵兆：一次新生的徵兆，的確是只有局部，但也是具有感染性的，藝術帝國主義的徵兆。

因為這本書也是一則關於帝國主義的忠告，換句話說：關於普世主義的忠告。普世主義亦然，它的確也是我們信仰的西方概念。是在那些征服全世界的西方概念之外的另一種，一個我們不能無故放棄的概念。

也正是這個無故本身使得所有的引退都變得不可能。因為放棄藝術，便是棄一個人理想昇華的可能性於不顧，任由他奔向垂死的命運。藝術，事實上，對於後浪漫派的我們而言，我們想像藝術就好比它只能是一種群島的可能——這個可能在於，我們不會是一片大陸，在大陸之內，所有人思考的方式就一如所有人，我們也不會是一座座相隔甚遠的島嶼，彼此只能處於無法溝通的沉默之中。而是在於，我們是群島，這些島嶼各自獨立存在，卻未因此失卻了和周圍他者的相互對話。劇場，由於它的天性使然，即是一種群島藝術。而歐利維耶．畢便具有這項長才，打開聯結的道路，並非通往精神的自殺性孤立、亦非通往電視機前健忘的群體，而是通往靈魂與心的交談，甚至是轉化？

道納廷．格勞（Donatien Grau）畢業於巴黎高等師範學院（l'École normale supérieure），取得古典文學學位，之後則取得巴黎政治學院（l'Institut d'études politique de Paris）的文憑。擔任文學、哲學、政治與藝術期刊《遊戲規則》（*La Régle du jeu*）和《評述》（*Commentaire*）的編輯委員，以及《國際藝術快訊》（*Flash Art International*）的榮譽編輯。同時著有《創作年代》（*The Age of Creation*, Sternberg Press 出版，2012）一書。

01

藝術風暴

無父之子的福音書

此文由法國馬恩河谷當代美術館（MAC/VAL）於 2006 年邀稿並在「藝術是否可以不需評論？」（L'art peut-il se passer de commentaire(s)?）之論壇上公開發表。

對一個在孤寂之中將自己的舞蹈化作禱告的人而言，沒有什麼比被人視作藝術家來對待更令人感到羞恥。

而在既未被稱為詩人、也未被稱為工匠、既未被稱為革命者、也未被稱為神祕主義者的情況下，沒有什麼比感到自己被歸類在大批的風格家之中更令人感到暈頭轉向以至糊塗的了。同那些時尚產業的商人、記者、非物質性的設計者、推銷大量虛無的倡導者為伍，並耽溺於此，然而這些物品的創造者簡而言之一個詞，就是文化消費。噢，花園燒毀！我們必須生活在污泥和世界的散文[1]之中。

而有一伙無神論的貧苦之人、一群追逐現代性的神父，還有依舊在進行永無休止的革命、卻已經中產階級化的法朗吉[2]，他們如同所有可恥時代的動物一樣大聲嚷著要一個藝術家，就只要藝術家而不要其他，要一個藝術家，為了堵住那一點幾乎才剛剛流出、但卻如瀑布般傾瀉的慾望，那些累積的暴行也無能殲滅的慾望，在拙劣包紮下以清晰姿態流膿而出的慾望。他們也不想要作品，這些在神祕主義底下輕蔑的人們，他們想要一個藝術家，也就是需要有一個人出面，要那人以個人之姿顛覆中產階級的價值觀，卻又不會使大家感到棘手，並且這個人還要確保神聖物件的變體，神聖化或禮拜儀

---

01 譯註：作者雖未指明，但「世界的散文」一詞，直接令人聯想到梅洛龐蒂的同名著作（*La Prose du monde*）。梅洛龐蒂在此未竟之作裡，透過對於語言系統的思考，著眼於文化與知覺的關係，進而探討何謂真實與真理。

02 譯註：「法朗吉」（phalange），是一種社會主義的基層社會組織名稱，由法國烏托邦社會主義者傅立葉（Charles Fourierm, 1772-1837）所提出的和諧制度，以工農結合的合作社型態，人人平等且無勞動差別的生活方式，來取消城鄉差距、調配資本與勞動的矛盾。

式般地，使其轉變成歷史垂危時所躺病床前的一盞床頭燈。這張垂危病床的面積大概有好幾個戰爭這麼寬、十個世紀這麼長，瀕死的歷史死不了，人民的無意識還在歌頌，道德感極低，出生的孩子已不識奧許維茲。

但是文化在那兒，它守夜警惕，它從未曾是野蠻的敵人，它經常點燃它的火焰並裝飾它堆屍的墓穴，但是它看守著我們的修道教育，如同一位眼盲的教母。我們知道今天，相較於科技進步已不再有政治進步，而文化是回憶的守護者，負有記憶的責任，煽動人心的特質適用於宣傳彌撒，為意識型態的陰沉黯淡著色，是三色的菊花和飾帶，貞潔少女的謊言，左派的聖水，解釋經典古文的焚香，它是收納民主之箱盒上的標籤。小心仔細、整齊地分類收納，由那些使用防腐香料保存屍體的人細心照料，並施以敬重的芳香。我們根據年份閱讀標籤，在這大標籤上緊緊黏著西方式的反感厭惡，而我們從中讀出，民主和多數人的專政是不同的東西。沒人會相信的是，其實所有人都相信這張標籤上說的，世界會如此發展，只要不再將美看做是最基礎的，就不會再有種族滅絕的大屠殺。儘管文化自滿於有節日氣氛的休閒活動，就算是在結結巴巴地摸索遺產，仍自滿於烘焙新造型的米蛋糕、為時髦客設計持續半個月的商展和地方農業市集、時尚概念走秀，但是，為了最主要的藉口，文化也需要藝術。需要藝術，尤其是造型藝術，但同時，也請保有這個意識，造型塑料是一種從石油衍生而來的產物。

藝術是老化人民的藥物，可是對於活了超過十年的人來說，它已具備了長生不老的形式。對於那些不再能從歐洲鏡子裡認出自己的人而言，整容手術是毒品。當它想將恐懼轉化成對於「從未如此過」之天空下的未來保證，它轉變成倫理的手術。有時，它變成形上學的手術，心醉神迷的劑量學，宗教性的創傷學，特別是當它對革命仍充滿懷舊時。必須以所有可能的文化方法照顧社會性的身體，並讓它相信，在這個完全受經濟所掌控的世界裡，還有那麼一丁點的政治。經濟，就在我們面對意識型態的永恆悔恨而落淚之際，它以便宜的革命和價格低廉的藝術擦亮自身。文化是一種實驗性質的老人醫學，當它天真地循環再利用在廣告效應上不會降低地位以及達達主義式的現代性，聲稱自己一如穿著像年輕人的六十歲搖滾客、具有顛覆的力量。父親們都比兒子們年輕，既然某些兒子不再追求現代性。歷史未死，它接續循環，它產生變革，而年輕人無法理解這個。亂倫在農神薩圖恩[3]的國度裡已是最低程度的罪惡。六八之子的孩子們卻還在哀求他們的父母要百無禁忌地私通，這是父母們唯一留下的世代之罪。

但是必須如此活著，沒有答案，而且甚至，在一種屬於答案缺席的微醺飄然裡，活得像盡失魅力並且充滿犬儒主義香氣的風雅人士。

媒體思想家會在文化寺廟的入口前跟我們解釋，意義是一種令人噁心的憧憬，為了進入成年，驅逐或壓抑它比較恰當。尊嚴是那些活著卻沒有希

03 譯註：薩圖恩（Saturne），羅馬神話中的農神，地位相當於希臘神話中的克洛諾斯（Cronus）、宙斯的父親。薩圖恩弒父弒子，閹割並推翻自己的父親，後因預言提及他也將被自己的孩子推翻，於是每出生一個孩子便吞進肚中。唯一一個孩子倖免，也就是相對於宙斯的萬神之王朱比特，於是薩圖恩又被兒子推翻，並流放人間、教導人們耕種，由此被尊為農神。土星與星期六皆從其名而來。

望、沒有童貞聖母照看的人的特權，他們大聲說著沒有任何東西比我還偉大。我，我，我，我！其餘的將會跟隨，精神會找到避難所，話語會體現出來，世界、話語、意義，其他的一切都只不過是我。

他們便是這樣相信自己還直挺挺地活著，可是他們知道這是怎麼回事嗎？再也沒有高和低，天空是棺材蓋，土地是一種假設，在這些島民搖擺翻覆的空間化裡，直挺挺地活著，就等於是躺在死亡裡。遍地都是、閃爍著絢麗多彩的死亡舉辦虛無的露天義賣園遊會，我們將它稱之為聯繫。藝術市場也在那裡，一如其他的市場，一場辱沒象徵的賣淫。

象徵經濟在今天已臣服於投機、貶值、拍賣會上的槌擊，臣服於這些只會扼殺的商業手段，而藝術市場早就成為這其中的實驗場域。我們可以販賣符號，我們也會販賣人，我們會販賣命運。藝術市場，這個尖峰領域，已冷靜地預料到所有人性的憧憬都出自於慾望以及讓這一憧憬臣服於時間交易所的可能性，就像所有其他的商品一樣浮沉於拍賣交易的趨勢之中。財富的資本化由主導電視媒體之慾望機器的那群人擔保。藝術曾經屬於左派，現在它屬於右派。藝術曾經是政治的，當世界還是政治的的時候，但風向已經轉變，藝術變成一門好生意。藝術是金錢，尤其是當它想要表現得具有革命感，只有時尚能帶來足夠的日異月新，好讓經濟因為理想不存在而繼續轉動。無意識不再被建構得如同一種語言，而是如同全球化的市場。

罪惡感、空虛和新穎，它們形成概念性質的三位一體，禁止一切對於歡樂的影射，並強迫抒情只能以自我戲仿的方式現身。自我戲仿或以下流充分掩蓋的方式，是為了讓習慣於腐爛的味覺認為三位一體是可被消費的，因為這腐爛的味覺可是連聞到沒藥和焚香的味道都會感到作嘔。若有勇敢的人們，假定他們還想要去純淨的源泉飲水，他們將能確認，早在他們決定去之前，有一大群精明的預言家為了他們已在真相的周圍濺滿泥漿。

在藝術成為官方宗教的此刻，我們要設法爭取的榮耀還有什麼會比成為藝術家更高？

我們幾乎很勉強才敢斷定，更高要求的秩序和更引人注目的服裝樣式是存在的，然而誰想了解一位詩人和一位藝術家之間有什麼不同？中產階級家庭的老么今天都被指定給藝術，他們將會在「教化」的同時擴大空虛，搶在還保有神聖化的事物前頭。沙漠中的聖者，勉強靠一點滴的純粹之美維生，他們的神祕主義不再屬於我們這個後啟示錄的紀元，梵谷有專屬的媒體公關，我們身處在教條主義的組織和即時答禮的政治利用之中，也就是文化。

宗教從未歷經這樣的詆毀，自從現代性穿上了教皇的服裝，而它是為了能用文化這件教皇袍上的白羊毛披帶來勒緊、遏制形而上的思想。虔誠篤信非物質性的人，跟蹤先驗背教者的盯梢人，媒體審訊者，謹守禮拜儀式般的嚴格捍衛者，為了比他的教友更孤僻而較勁的每一位，將所有可能的無聊議論、所有可能的蜚短流長全覆蓋於那在遠古時代曾經是非凡崇高的昇華之上。超然昇華，它變成了一種美，為了不再只屬於藝術，它最終成了藝術的評注、受挫的享樂、評注的評注、署名的閱讀、有所區別的概念、提供給博士生寫論文的詞彙、充滿恥辱和憤恨的注釋。

西歐在它整個媒體的浮誇排場裡一方面請求原諒，原諒它利用了沙特爾（Chartres）和維澤萊（Vézelay）這兩座有著名教堂的中世紀丘陵城鎮，另一方面又以盡可能不一致的內疚去隨意亂塗改文藝復興時期虔誠修道的畫家弗拉・安傑利科（Fra Angelico），有太多的沉默從他畫作裡的藍與金流逸而出，有太多的勞動階層恐怕會在那上面發現有個比自己性器長度還要更偉大的等級，然而，在文化觀光和觀光文化之下，那其中必要的東西卻少有機會繼續閃耀並讓火舌能紛紛落下。

我們不只是活得像豬而已，而是活得像毫無顧忌的豬，對運動、有效的性慾毫不膽怯，我們活得像被科技性能造就得虛擬又極度膨脹的豬，最後是，感覺麻木的西方人的第三個美德，我們是文化豬。西方人手握工具可以修補想像的博物館，而且是由一隻有社會保險的跳蚤插手不到十秒鐘的時間，他的絕望卻因此有了額外添加的附庸風雅、漂亮門面，而他將這命名為文化。

文化，是當我們宣稱「全然主觀」之時，而前來的、精疲力竭的幽靈。因此藝術採取一種戰舞的姿態。透過圖像的旨意，它是三種秩序的匯集，軍隊、教堂、法庭，匯集在一個暴力似乎總是落在別人頭上的組織裡。藝術是一個社會的自殺行為，畢竟成堆的暴行除了它自己以外沒有留下其他東西給這個社會。藝術是夜間的門鎖，它以一種普及想法的庸俗化，銷毀一切展望、一切等級、一切深度，而在那裡，所有人都是輸家。藝術是有效的避雷針，對付所有超驗的風暴。我們無法所有人都變成聖者，但是我們可以所有人都變成藝術家，這是文化第一條的自明之理，我們所有人都是藝術家，所以成為一位聖者便不再具有任何價值了。所有基礎根本的因此全絞進民主的食物調理機裡；真相還不如民調來得強大，真相不夠民主。公平正義也不夠民主，我們寧願父親缺席，這是父親們自己向我們提議的。如果可能，我們寧願要伊底帕斯式的放蕩雜交派對，以虛擬的方式，好讓雜交派對可以更有效率地消毒、絕育我們的象徵之田。美並不民主，我們更喜歡文化。我們更喜歡藝術，讓我們賦與每個人做現成物（ready-made）的權利，讓我們排除掉那些在一只本體論的垃圾桶裡所進行的神祕主義式的追尋。

在那兒，某個像是慾望缺乏的東西，那是我們出神的狂喜，只需要打開電視的禮拜儀式，就如同來自一個宗教性的二十一世紀、抽鴉片的預言家所曾經理解的那樣，這個電視的禮拜儀式是我們的痛苦沒入於遠方盡頭的消失點。

為何還要試圖尋找具有哲理之冷淡的這一位置，當電視正在以民主和即時的方式利用它的時候？為何要想得比藝術、或藝術之前、或藝術之外還要更遠，當電視每一刻都在證明我們本能驅力的民主化才是永遠新穎的藝術？藝術是個大型的驅力陳列櫥窗，製造需求，還有什麼能比這個更具藝術性？藝術是加在我們的失敗之湯裡的糖。精神藥物、平庸、愚蠢、糞土、金錢、亂倫、虛無，這一切，都是藝術。

藝術是概念，這一概念遮掩並封閉了所有通向最主要基本的道路。藝術出色完美地給西方恐怖填塞了一個開放的歷史。藝術讓我們可以接受地球是圓的、接受我們永遠走不出去；月亮只不過是一塊巨大的石頭，愛情只不過是化學變化上的偏差，慈悲是企業的成就。

死亡！死亡！死亡！你自己在死亡裡缺席了。但你究竟在哪裡？結束我們生命的你，你是否，死了？不。我們的生命是永恆的，在逝世之前，已經是一部不會泛黃的攝影小說[4]，這就來自藝術。死亡，你在哪？死亡已被藝術流放。藝術，它充滿膽量，或者思索時間的不透光性。是藝術令死亡的豐富多產變質退化。是藝術從死亡手裡收回了聯姻的美，而死亡就此也只不過是一隻穿過醫院的狗。目的性的消失，真實得簡潔明瞭，而藝術是其完全民主化的徽章。

作品不再有存在的理由，概念僅以自身為目標，一旦晾瓶架在歐洲罪惡感的良心裡被狠狠擊垮，看，這就是實現。

他就這麼做了。這個男人，馬塞爾．杜象，無庸置疑的一位英雄，他就來到了拉法葉百貨公司，買了個晾瓶架，再回到他的工作室，把晾瓶架放在他的面前，在上面簽名，在上面簽署授與他個人的主觀性，並且，在同一瞬間，完成了藝術的起始與終結。天上的星星都熄滅了，海洋失去它的未來，森林盡失魔法，自身原有的美已不存在。永恆將不再出現於混雜在一起的海洋和太陽裡，這個令人害怕的矮小男人，藝術界的愛因斯坦，撤銷了全部的基礎之美，證明了主觀性無限的神通廣大，強迫了宇宙從此只

04 | 譯註：攝影小說（roman-photo），以連環的照片、對白與敘述組成，接近漫畫、圖像文學的敘述類型。

能做為拉法葉百貨公司裡的商品。他並沒有創造它，他的這座晾瓶架，並沒有像上帝創造了世界更加了不起。他更非找到了它，並沒有像人類找到了語言那樣更厲害。他買了它，他以它起了個開端，就好比偶然性當初開啟了人的意識。人性的末日，回歸洞穴，大教堂崩塌。美並不是一個其他方面都可以在其上自行建造的基座。然而，倘若無美，便無真，也就永遠不會有公平正義。以後除了商品價值、供需的相對性，便不會再有其他，上帝穿著灰色暗沉的工作服為您指路，各種宗教的販售區就在政治 DIY 修繕工具的販售區後面以及陳列新創作者們的特價區前面。

藝術絕對戰勝一切的真理。藝術在這一天是美的唯一矛盾，而且因此，也是這些難以言傳之真理的最龐大的障礙。

主體是一個沒有慾望沒有主體的國度之王。獨自一人，他並非真是如此，而是他應該要為了獨自一人而如此。他不再是獨自一人，他是一個數字，而這就夠了，在他之前，騎士們就已在神學的爛泥裡被遺棄，處女們在哲學的森林裡被強姦，思想家和詩人在柴堆上遭火刑，而那火焰是他們先前燃亮的。但是這些古老的歌曲都戛然而止，自身的美不存在，海洋可以退下卸妝了，蔚藍天空為雙唇塗抹豔紅，在深淵裡，我們將不再能找到奧祕，在繁星點點的夜晚，沒有別的，將只有一座晾瓶架[5]。而我們將會如此活著，眾皆平等，和一臺戰爭機器同樣地荒無人煙。因為肯定真理的那人要比肯定夢想的那人更加有罪。沒有執拗渴求徵象，我們不知道我們是悲慘的，我們就不會知道此事，這一渴求是對悲慘之人和受苦之人的博愛，較我們的罪惡感更為本質。而且更是如此地危險。

那麼，還有什麼好繼續的呢？或者是更嚴重，如何繼續，或者還要再更慘，誰可以繼續？

為了誰？為了什麼？為了以流行和榮耀拉皮條的後代子孫？為了不朽，而這個不朽卻已變成了直覺的動物標本剝製術？為了無，也許？就好像我們還能在這整片空裡找到一處懸崖峭壁，它能讓我們身處虛無主義的高處，並讓我們學會對我們的恐懼以你相稱。為了革命，這個被賦予重責大任的婊子，儘管它至少面容姣好、衣冠楚楚，可是哎呀文化的意識型態曾是左派的，而且曾經聞起來還像民主首發新噴出來的精液，而今日，它只不過是為了要把我們最後一點的顛覆販售得更昂貴的依據。我們就是這樣活著的，很好，遠離了那些才智與眼界如同老鷹般出眾的人，卻活在那些調停者的友誼之中，沒有風景但有一張可重新再畫的畫紙，沒有被雷擊的風險，可是深愛著國際避雷針，它能保護我們免於內在的風暴。

我們或許戰勝了我們的不耐，而且我們找到了美容食譜，可以阻止我們因為吃得過飽而嘔吐。曾經有誰能相信我們還會喜歡飢餓，當過去幾世紀裡我們反覆咀嚼話語和土地，卻從來不曾被那些難以言詮的問題餵飽過？

在狼吞虎嚥之前，我們要做的只剩下整理我們的房間。很好。

—

05 譯註：〈晾瓶架〉（*porte-bouteilles*），杜象（Marcel Duchamp）一九一四年於巴黎完成的作品。一九一四年的原件已遺失，現在看到的展品是在杜象的指導下於一九六四年重製。根據龐畢度中心的作品說明資料，杜象曾於受訪時表示，此晾瓶架是在巴黎的市政廳百貨商場（Bazar de l'Hôtel de Ville）的五金陳列區所選購，和文中作者所指的拉法葉百貨有所出入，後者或許想藉拉法葉百貨作為觀光消費的諷刺。

讓我們取消偉大的典禮吧。將作品歸還給城堡吧，它們是在那裡失竊的。將三朵花重新插回優格罐吧，在俄羅斯還未被全球化之前，我們曾經能夠將它們以魯布烈夫的畫作《三位一體》[6]的格局來觀看。讓工匠的手還能夠引領我們盲目無知的部份。讓我們看看由木工學徒做的古老的細木護壁板，它有著聞所未聞的美麗。看他擦去前額上一點汗水的手勢，同時他退後並注視作品進度，思索著他還有哪裡該完成。喜歡一個在火車上睡覺而我們之後不會再見到面的人吧。讓命運的想法輕輕觸撫、掠過我們四月的早晨。讓上帝當一個無所防衛的小孩。讓我們相信來到眼前的事物。讓我們忘卻一切非議。設想我們面對突然來臨之瞬間所付出的全部力量。冬天擠滿了火花。讓我們盡力做最好的人。讓我們感覺全體都在歌頌美的暴動。在鄰居的花園裡偷水果。讓我們在我們紀元的最後童真裡出發去海邊，我們全都投票同意，讓我們踏上淚水的道路。讓我們溫柔地想想許許多多的人，讓我們驕傲地想想自我性的美。不要讓我們丟失了這個想法：在我們的目光之外必然有美的存在，而且這個美是如此自負又突如其來。一個墜入愛河的年輕男子打破窗玻璃、撬開門鎖潛入年輕少女的臥房。就讓我們對此沉思、喜愛、注視。就讓我們忘了性別的特徵。就讓我們拋開身分的認同。

大樓欄杆倒塌的轟隆聲。節慶派對的餐點，走音的鋼琴，茉莉花的香氣。劇場並非屬於藝術，劇場只屬於劇場。你的手在桌下牽我的手。別把政治

06 譯註：安德烈．魯布烈夫（Andreï Roublev），生於一三六〇至一三七〇年之間，死於一四二七或一四二八年，被認為是俄國最偉大的聖像畫畫家。《三位一體》（*Trinité*）一畫中，呈現三位到訪的天使和舊約中「亞伯拉罕待客」的事蹟，並以此作為三位一體的神學意象，三人圍繞的桌子有祭台象徵的意味，此畫作常為後人所臨摹。

變成一道先驗的地平線。使用金錢要有如並沒有在使用它。身在世界要有如不在這世界上。世界的形象流過，而我們在這世上的短暫停留是獨一無二的，都屬於象徵的國度。讓我們嘲笑我們的渺小卑微，嘲笑我們的崇高偉大，對那些超越我們的以你相稱、平起平坐，眾神過去總是渴望著我們固有的內在。受苦是一種認識他者的方式。學習永恆它不猜疑的美德，並且以我們閒話趣聞軼事時的眼紅妒嫉作為回報。一個年輕男子在演出結束後自殺了。

日蝕了啊，暫時的隱沒！所有能夠製造兩次的，都沒有價值。

02

教育風暴

歐利維耶·畢於2009年12月4日，位於里昂東北的維勒班國立民眾劇院（TNP de Villeurbanne）舉辦之全國性研討會「在今天的國高中教導劇場」（Enseigner le théâtre au collège et au lycée aujourd'hui），所發表的初始課程。

話語如同親臨自我和世界的存在

難道，在您身上，一如在我身上，沒有這種感覺，沒有什麼比向即將到來的這一世代說話要來得更為高貴、更為必要且充實？

難道您不覺得有必要，有時以謙遜態度，而有時以傲慢之姿，試圖讓他們堅信他們這個世代的自尊？在我這個年紀，但還不至於太上年紀的時候，因為眼看那些連對自身都厭煩起來的夢想而感到失望，並且對於自己所屬的世代也失去了希望的寄託，於是乎，我們便突然開始認為，真正唯一光輝燦爛的希望，是為將至世代所擁有。這當然是極有可能的。除非那些邪惡力量不去禁止這個世代間的劃分，否則對於一個不會堅持於概念上之複雜性、不會陷入分析的悲觀主義以及不會任憑自己被過分的講究拖到世界之外的思想，此一希望依舊是其最好的擔保。簡而言之，傳授是一種思想，但它既非腦力的思索，也非意識型態，更非時尚的效應。

青春並不是一個幸福的年紀。這是一個我們期望不多的年紀。這是一個過去令人感到最為沉重的年紀。青春是個艱難的年紀，缺少世代間的對話來將青春轉變為提問的寶庫，一個充滿問題的寶庫，這些問題都還不懂得如何清楚表述，但是它們卻不是那種只有華麗詞藻的問題。

我們太過要求教育要像職業培訓。

我們太過要求教育要成為一個評估人力資源的程序，我們太過要求教育要為一個講求效率與收益的社會具備強大的表現力和競爭力。我們應該要定義它為一種空間，在那裡，知識的傳授和學問的分享都是一種未來的藝術。未來，我們不能一副像是它已經被寫下來、像是我們已經知道了它的需求和限制，我們無法如此為它預先做好準備。未來，必須要創造它。未來，必須要給他們方法去創造它。

今日我想要向各位提議的是，思考劇場藝術在教育裡的影響，將它設想為一個重新啟發的機會，重新啟發對於出乎意料的渴望以及對於即將來臨事物的愛。這關乎要在知識和技能的學習過程裡保留一段時間給小孩、青少年、年輕男子、年輕女子，在這段時間裡，他們自己就是他們研究學習的對象。在這段時間裡，他們發現自己，探問自己深層的慾望，拋開消費者的外衣，甚至是拋開公民的外衣，以學習生活。

我敢說，從這一觀點而言，劇場是一趟理想的旅行。它不需要複雜困難的技術、不需要得連線的科技、也不需要壓垮人的知識，它不需要任何讓人無法理解的東西。一些男人，一些女人，一個場所，和時間，就已足夠。它需要的也許是躲開快速的強制命令，這命令看來似乎不管在哪裡都成了主宰時間的正統。劇場需要的是一點時間。但是它不會為不耐煩的情緒吞噬而感到折磨，拉小提琴都還得要經過好幾年的時間拉不準，然而人一旦上場之後，從第一刻起，便能體會劇場藝術的宏大和怖懼和美麗和要求和喜悅。

劇場可以讓人幾乎是即刻就能脫離虛擬成癮的沉迷，以命運的詞彙去思考他自身的故事，並且重新拿回自己的語言。我接著想要試圖鼓勵各位認識的，正是這三種內在的冒險，而它們本是出自一家。

對虛擬的成癮

為了表達今日是什麼在以一種鴻溝的方式分裂我們這個世代與將至世代之間，我必須暫且鎖定「劇場」這個詞，並理解對我和對他們而言，那裡存在著一個巨大的象徵性崩毀，而這個崩毀並不對應於同一個真實。雖然我用的是「真實」這個詞，但我想說的比較是，它並不對應於同一個存有之事實。

直到我的世代，劇場都還是仿製、幻覺、不真實的同義詞。這一整個複雜的文法，是由巴洛克世界所建立起來的，這個世界當時正陶醉於反十六世紀宗教改革運動的神學。劇場是一場幻覺，透過它，那些並未被製造出來的突然都變成已存在的。劇場是仿製品，但它生出（enfante）[1]真，巴洛克劇場如是說。一道劇場的佈景是大自然可以從中得到啟發的想像物。做劇場可以說是在說謊，說謊則有可能觸碰到一個較現實更為本質的真實。

劇場，是虛假，是真實的相反，而且，直到我的世代，都還未出現其他種公式，不同於這個以真實對抗想像的公式。真實與想像，這兩者是認識因果關係的共同必要條件，是世界的共同創造者。

這個人造的劇場顯示出知識是易懂的，或者，至少，它顯示出大多的知識是可預想的。知識在這個劇場裡不是一座圖書館，而是一種感知的狀態。

01 譯註：原文「enfanter」，原意為分娩，亦有創作生產的意思。

這是一個虛假如同自然的思想，這個思想恢宏又卓越。不論是古典主義讚美的大自然，或是，浪漫派藝術家心中的凶狠自然，都是一種降臨的真理，而一如自然是這般地出色或畸形，藝術作品模擬自然，就是為了引領我們去喜愛在這個其實並不自然的自然中的自然。

此一自然從歷史、文化和藝術層面上，被認為如同是其造物者與人性的結合，一道雙重的視線就此開啟了無限寬廣的透視。透視，變成劇場佈景的理想典範，但是同時也成為，拉辛作品裡對形而上的追求，克萊斯特[2]作品裡靈魂的焦慮不安，布萊希特作品裡的政治意識。這個劇場裡的逼真假象即是一整個劇場，它實在地透露出虛假就如同偽造，並且透過此來指明何為真。何為真實。何為真確。我們和這艱難的現實以及這一劇場的夢，曾經一起相處得算是夠好。我們相處得好，意思是，過去不曾懷疑歷史的流變（devenir）是活生生的遺產。

不過，之前沒有一個人能想到的別樣東西出現了。喬治・歐威爾的小說《一九八四》，這部作品呈現出一個獨裁統治的世界，而其中的影像製造變成了一個政治上的極權。也是在同一年份，一個新的字眼開始露出，它賦與人造的存有一個嶄新的面向。這個字眼，就是虛擬。它所牽涉的並不是類比出來的想像物，而是別的東西，一種被授予智識的人造存有形式，一種權威，一種命運，一種自主自律。這種自主往往是互動式的，好讓人

---

02 譯註：克萊斯特（Bernd Heinrich Wilhelm von Kleist, 1777-1811），德國劇作家、詩人、小說家，作品風格獨樹一幟。曾與友人創辦雜誌並連載自己的劇作，但僅維持一年；生前事業受挫，作品儘管有出版或上演，然而未受肯定，深陷痛苦、自殺終了。

以為它能給予一定的自由。然而事實上，虛擬永遠是專橫的，因為它能作用於神經系統一如毒品。劇場卻非如此，它並不在於取代現實，它僅是現實對自身的一種凝視。所以是另一種現實，顯然更為閃亮的現實。

虛擬一直以來就試圖要複製自然，反倒是將至的世代，將頭一次在人類歷史裡，不再對立真實與不真實，而是真實與虛擬，並且在一種虛擬實境裡，找到方法一生經歷這種關係、寄予生命的希望。虛擬實境，經由奈米科技的對比而變成一個可能的矛盾反襯詞，而且很快地，身體的裝備使得主觀性本身也印上了虛擬的性質，更加突顯虛擬實境的矛盾語法。此外，不再真的有主體存在，而是從屬於他個人的夢，虛無可以無所憂慮地接合世界的感知。享樂即是透過空虛而突然發生。虛擬的失重狀態則立即像是答案一般地獻上，像是獨一無二、無庸置疑、極權的答案。無人能對此有所抗拒，而對您説教的道德份子只是企圖減少劑量，以防止在否定裡失衡翻覆。

從此，對這一世代來説，劇場不再是人造的同義詞，而是和真實的臨在[3]相互對映。難以置信的象徵轉變就在於，人造最具代表性的目的變成了真實感知的庇護。我們到劇場裡不再是為了看虛假如何激發我們的想像力，而是為了看一個真實的臨在如何阻擾挫敗對虛擬的沉醉。我們到劇場去為

03　譯註：「真實的臨在」（la présence réelle），作者在此處選用這個具有宗教意味的詞彙，來和「虛擬」的概念相對比。在法文原文裡同時意指「聖體實存」，也就是在天主教的聖體聖事中，無酵餅與葡萄酒在祝聖下會變體為基督的體血，表示基督真實地降臨於餅酒之中，而稱之為「真實的臨在」。

了喚起自己的記憶，沒有螢幕，我們也能活得好好的。我們到劇場去為了身在劇場裡，而不再是待在螢幕前。我們在劇場裡為了走出離群索居，不再是像波特萊爾之前所做的那樣，為了到那裡遠離世界、獨身一人。

世界，在自我全球概括化的同時，便不再是一種現象（phénomène），而是虛擬性的傳播流通。一切就在十年之間變成虛擬性質，一如現代性的危機，一如歷史的疾病。一切。很快地，書本身就會是一盞閱讀小燈，一面可以拿在手上的螢幕，裡面裝載了功效十倍強大的亞歷山大圖書館[4]。我們之中將沒有任何一人能抗拒得了。就如同我們已無法抗拒手機，它改變我們的身體、我們的聲音、我們的關係，不論最好或最壞。身體再也不能避免各式工具、預錄的人工聲音、全球化的觀看視野。道德感為遠方的死亡哭泣，卻依然對日常裡血淋淋的意外無動於衷。或許是因為少了配樂和旁白，少了一種可以告訴我們這有何重要的虛擬性。

性從身體上被抹消、模糊，並且變成一個龐大的影像市場，在這市場上，相遇根據依附的準則而被螢幕媒體化，相遇的神祕因此不再是靠盲目碰運氣。政治完全受到單向生產的民調預測所魅惑，就如同那些沒有歷史脈絡的事件一樣。政治事件看來也是，如果不是屬於它特有媒介的現實，它便

04　譯註：亞歷山大圖書館（la bibliothèque d'Alexandrie），由埃及托勒密一世於西元前三世紀建造在托勒密王朝的首都亞歷山大城，後遭受火災而未留下任何實物和遺跡，其存在是靠後人從歷史文獻的零星記載拼湊而出。亞歷山大圖書館曾為希臘時代最著名的圖書館，是當時藏書最豐、最齊全的圖書館，並成為希臘文化的知識研究中心，興盛達六百多年之久，對各領域的學術發展和圖書出版影響之卓越。

不屬於任何一個現實。

政權，長久以來被經濟的專橫獨裁打壓，現在繼續眼睜睜地看著虛擬經濟介入。掌控銀行的不再是資方，而是演算程式。演算工程師向我們保證的，不止是一道失真的程式。經濟，一直到最近一次的金融風暴之前都還是實用主義的兒女，而現在它也變成這樣，沉迷於這個無法反映出任何現實的演算法的毒癮之中。無論如何，至少不是反映出經濟的現實。復甦只在金融方面，經濟發展的重新推動則與之無關。政治、文化、甚至是心理都由此消磨殆盡。

沒有螢幕地活，就不是活著。我們現在所處的情況即是如此，正是虛擬發揮的時刻，從今而後，虛擬比一個難以接近、無法理解的現實還要真實，卻只是因為缺少了想要瞭解現實的慾望而已。成癮是心靈空虛的疾病。不過是現在，我們就已經在想像某種勒戒中心的可能，專為那些沉迷於電玩遊戲成癮的年輕人所設立。在這些中心裡，人們教導他們學習承受忍耐的痛苦。痛苦，沒別的了，就只有痛苦。是否透過痛苦，我們就能將世界還給一個在螢幕前度過的時間比面對自己還要來得多的孩子？當他已識得了什麼是遺忘、享樂和虛擬的緩解，我們是否還能夠還給他痛苦、不安和無聊？這個世界、它的平凡、它的粗糙崎嶇是否還能夠在這孩子身上喚醒慾望？將至的世代是個慾望貧瘠的世代，所以命運貧瘠。以及話語也貧瘠。噢，虛擬的諸神，請原諒他們，他們不知道他們是什麼。但是，一些氣泡、綠洲和零星的抵抗，已具有足夠的末日啟示。

對他們而言，劇場是人造的相反，是真實的回歸。真實的臨在變成一種奢侈的事物，而正是這個奢侈該在今日予以民主普及化。臨在的奢侈，我們所面臨的和馬勒侯在想像的博物館[5]裡所看到的正好相反，當他相信複製大師之作可以創造一個更好的世界時，大量的螢幕卻已吞沒這個並沒有更好的世界，尤其是這世界在它的真實存在中變得難以進入。世界不再是獻給所有人。文化再也不能成為大師之作的全球化盤點，也不能成為依賴現代科技的休閒活動政策。文化，是之於世界的臨在。而這一臨在生病了。除非有更基本令人驚嘆的事物之覺醒。

然而，真實並不會如此輕易地任由自己被驅趕，我會說，它像是一個受到壓抑的人，會透過暴力返回。金融風暴、倒塌的雙塔、氣候異常都是真實絕望的報復和反撲。而它們也都立刻被「虛擬化」，股市崩盤造成投機，災難製造影像，戰爭變成互動遊戲。

今日必須要做的便是，學習親臨世界的存在，一如我們曾經學習字母那樣。

是誰教導我們身處於世，是什麼教導我們身處於世，而當慾望自童年起，便已沉迷於一個虛擬樂園的時候，又要如何重新學習並且重新開始親臨的存在。我們不要搞錯了，這場戰鬥可是極為政治的。可是，卻是新方向的政治。今天的劇場首先就是一場從本體論製造出來的政治戰鬥。我們在那

05 譯註：安德烈・馬勒侯（André Malraux, 1901-1976），法國著名作家、政治與社會的積極活動份子，曾陸續參與過多次的抵抗運動，並於戴高樂執政時期擔任法國文化部長（1959-1969），奠定許多文化基礎政策。著作頗豐，遍及小說、藝術與文化評論。《想像的博物館》（*Le Musée imaginaire*）寫於一九四七年，論及印刷術使藝術圖像的複製普及變得可能，進而跨越博物館的建築門牆或地域之限制，從中發展出博物館的「虛擬」建設，好用來彌補我們的遺忘、面對世界的死亡意象。

裡捍衛的就是在人世間的存在，如同我們捍衛人權和受苦階級的解放。況且，在這場戰鬥裡，也不再有階級之分，所有人都服從於虛擬。這其中有單獨的個體、隱居者、分歧者、頹喪的人。但是沒有擁護資本主義的敵人或是可被辨識的獨裁者，在這場戰鬥裡，每個人只能多少有些悲慘地附屬於現實的缺席，在這個附屬裡當自己的獨裁者。

沒有教誨不是由政治希望所形塑的。可是政治不再是一個文學事實，它不再是出自於思想和意識型態，這兩個被拿來與社會之痛的現實相互對照的衍生源頭。它不再能自我想像成是一場被剝削者對抗剝削者的戰鬥，銀行甚至不想剝削勞動階級，受到啟發的政府則以財政資助哀求它們繼續利用無產的群眾。惡魔不再是資本主義者，它是擁護銀行主義的，也就是說，它完全缺席於這個被它搞到破產滅亡的現實，它在政治戰鬥的地平線之外。

政治戰鬥，和世界一樣很快就遇上了它全球化的宿命，而再度變得私密。我們所處的時代已經不再是二十世紀，在那個時代，還是有權有勢的階級和被剝削的群眾之間的對抗，為權力而戰表現於階級的身分認同上，並困在級別無可動搖的社會機器裡。您也許會跟我說，可是這世上還是有窮人和有錢人。沒錯，但是於我而言重要的是，他們是否全部擁有同一個文化？同樣地缺乏文化，我甚至不確定富人是否幸運，當他們有能力買下半座城鎮時，卻不知道誰是莎士比亞，那麼他們難道不是貧乏得可憐嗎？而且當這些傲慢自大的人，他們經過他們大廈的守門人時，後者可為了不要睡著，正在巨大的監視器螢幕前閱讀亞里斯多德。當身體已經有了虛擬的青春（整形手術）、虛擬的精神固著（慾望的化學變化）以及虛擬的意識（信仰電視彌撒的同道），那這具身體可以拿來做什麼呢？必須強烈要求追回的，不再只是自由的身體和慾望的身體，而是在場的身體。

我相信，為了要重新學習親臨世界的存在，劇場是如今最可靠的方式，重新學習世界真實的臨在，由它開始，向我的在場拉開序幕並全然展現。在這個不會發生於群眾革命中的新政治抗爭裡，必須要號召呼籲的，不再是用以對抗權力的想像力，而是用以對抗權力的真實臨在。而它既不在革命裡發生，也不是透過人民，它是在每個人蘊含於內心深處的回歸、忐忑不安、疑問和堅持之中。今日，革命的力量是內在私密的。這所關係到的，再也不是為了某個社會認知去對抗，而是為了親臨世界之存在的生態環境去對抗。

年輕男女踏上舞台時，他們發現的是，過去他們相信可以是一種身分認同並且費盡心力所打造的，現在卻到了他們該放棄的時候。年輕演員將要從什麼也不成為的第一步開始。上場之時，他們還不會是角色，他們基本上會回復到凡人的狀態。

劇場有時會向公民喊話，但是它更深遠的使命是對終將一死的人說話。從古典的政治戰鬥轉變為本體論的抗爭，這一改變要求人們得遺忘那些文化方面的安逸，才能夠通往精神的體驗。劇場以進入教學領域的方式，所提供的雖然會是文化上的，但這只是好比連帶引發的影響。其根本上還是屬於精神層次。

在這些技能學習的場所、這些為新科技而設的多功能教室裡，在這些職能培訓課程、這些改善個人表現能力的教科書裡，在這些物化的積極動力之中，要求保留一處空間給小孩、青少年和成人，在那裡，他們沒有其他功課或工作要做，就只是發現自己，然而這是否太過苛求？一個地方、一段時間，在那裡，唯有深沉的慾望是重要的。進入到枯燥乏味的地帶，沒有人要求他要有所表現，就好像他即將要被丟到一個空無一人的地方。就好像他被禁止，而在這個沒有任何要求的要求裡，在這個突然變得冷和自由的空氣裡，只有一件事要做，就是身處在那裡。透過表演、透過面具，原有的身分建構都傾覆，社會認知的準則也被抹除。醜變成美，結巴口吃變成雄辯口才，憤怒是一種美德，死亡是一種行動。在這一空間裡，生者直接與他的死亡對質：在一個完全受到虛擬不死的人造永恆所迷惑的世界裡，這就是劇場所要提議並呈現的。

如果這個空間不存在的話，那麼教學便不再政治，教學便不再擔憂生命的存在，便不再是重新啟動生成變化的契機和開端，教學就變成了一個盲目的格式化。今日，劇場是用於幫助我們去學習認識那彷彿是令人想望而自行獻上的世界的憎惡。這是一個在其中沒有慾望卻永遠有更為猛烈之刺激的世界。這一衝動法則需要考慮到商業社會，但是卻不見得真的是關於預期中對物質的著迷，尤以今天的商業世界所販賣的再也不是物品，而是主觀性。好比那些可運用它們得以達成身體和命運之設計規劃的科技，也好比那些加速關係上享樂的工具程式。慾望，這一聖杯[6]，如果我們可以即刻享受它所有的替代品，那為什麼還要費力展開對它的追尋？

06 譯註：尋求聖杯主要來自於亞瑟王的傳說。是耶穌在最後的晚餐使用過的聖杯，釘在十字架上時鮮血也曾流入杯中。聖杯具有神奇力量和治癒功效，是真善美的象徵，飲過杯中聖水的人甚至可永生不死，但聖杯也只有靈魂純潔的能者可以找到，尋找聖杯便成為騎士英雄冒險的神聖之旅。

當我們走上舞台，我們便放棄了自己的社會角色，我們放棄自己文化上的貪婪垂涎。我們經歷的冒險不再有其他，就只有當下身處於世。劇場因此並不是一個特別亨有政治覺悟的地方，也不是為了能吞下文化處方而調味的香料。如果文化只是被看作知識的總和，它無法救贖。文化，如果我們為它找尋一個更簡單的定義，它是一股探詢的慾望，探詢身在世上的存在的慾望。博學和消遣是它的兩大惡魔。我們常常會希望，劇場是一個博學的消遣，或者是消遣裡一門淵博的學問。唉，可惜的是，作為消遣，它的效果還不如影像的氾濫，而在博學的能動力上，相較於虛擬聯結的世界圖書館，劇場的力量又很微不足道。

在一個命運只著眼於職業的世界裡，培育要如何才能成為職業培訓之外的東西？在一個只有職業培訓的世界，在一個失業即是對生存否定的世界，該怎麼做？如何才能讓一個非職業的空間發生，在那裡我們並不會獲得技能、也不會獲得知識。劇場空間甚至不會要求成功，或是更精確地來說，對於這所謂的成功將停留在可笑而不值一提的評價上。因為這個成功，是演員內在的喜悅。而或許，學校是劇場之中最美的一個，如果這個場所能夠擺脫成績的強迫糾纏，如果在這個場所裡，我們表演，為了以困難的臨在和困難的自由重新找回自己。

這一認識自我的空間，重新教育親臨世界的存在，並不是修道的宗教場所。它是極為精神性的（spirituel），就在於，它屬於「spiritus」[7]，屬於氣息、生命。在於，在培育一個生命的過程裡，有這樣一個歇息、暫停的時候，這一焦慮不安的空場，這一呼吸的片刻，而這個和整體性（totalité）

一致的愉悦相通，並不是奢侈的事物，而是生命的必需。這一必需是為了能夠相信個人自身的敍事。將至的世代之所以命運貧瘠，是因為敍事貧瘠。敍事變成了「虛構化」的現實或互動遊戲。不只是因為某些孩子從未閱讀過書籍，影響還要更大的是，他們以為在暴力遊戲的互動裡可以找到自由，他們以為在電視影像裡就會發覺政治意識，他們以為在平庸的明星世界裡就能隱約看到命運。

而當我在說命運的時候，我並不是在說藝術的使命。破壞圍牆進入教學場域的藝術家，我們的目標不是要激起使命。只是要運用我們的藝術去創造一處認識自我的空間，個體在這一處空間裡，在發現自己的命運之前，他會先發現自己的慾望。這個命運，則是他那一個世代的慾望總和，而他的世代會將這交到他的手中。但是為此，需要的不該是慾望之物的眩目伎倆，而必須是一個自由的身體。我們以為，包含精神的是身體，可是，其實是精神包含身體。不再需要神奇的化學變化，一旦我們打開手機，身體就在他方、出神恍惚，而這個物質上的出神恍惚則在空虛的消費、疲勞語言的頭昏眼花裡繼續。

劇場偉大的謙遜、偉大的厚顏，就是要重新鼓舞那些以為自己在日常生活裡被孤立的單獨個體，給予他們一個英雄計畫。並且要讓這個計畫立即

---

07 譯註：「spiritus」，拉丁文，字義有微風、氣氛、呼吸、靈感、精神、音調、神靈等意思。

被體現，要讓革命從他自己的身體開始。重要的是將這拿來當成是自己的工具，好為了能馬上將這提供給集體創作的作品。

有力的話語

現在是這堂初始課程裡一堂簡單扼要的劇場課。讓我們從最簡單的開始，一張椅子的簡樸。在我面前，有一張椅子。它有用途，當然是為了拿來坐。我們只有在我們需要的時候才會注意到它。這是一張椅子，無庸置疑，而這張椅子並未超出它的用途。如果要我直說的話，無論它是一張客廳裡還是辦公室裡的椅子，都不太重要，我的意思是，如果我的需求只是要坐下來而已，那麼是否重要，應該是由我的需求來判斷。這是一張椅子，但不是一個符號。一旦我想要將它移到一個應該叫做舞台的空間——它因為我們之間的約定俗成，通常只被稱作舞台——，並且一旦我們給予這個地方一種閱讀事物的力量，這張椅子就轉變為比有用之物來得要多一些什麼的物件。辦公室的椅子意指辦公室，優美的椅子代表一個過去的時代，舒服的椅子提供它自身做為敍事，也許是一齣布爾喬亞的戲劇。如果它是金黃色的，它將意味權力；如果它看來簡陋，則意味著教堂、監獄或學校。它變成了一個符號，但它仍然是一張椅子，雖然它所召喚的這一整個敍事、它所招引而來的這一整個戲劇、以它作為基礎論據的這一整個劇場，不過這些並沒有如此抽象地意味深長到我因此不能坐在這張椅子上。也是因為如此，一個人上場然後坐下，並且，椅子散發出所有充滿含意的竊竊私語，早就圍繞著上場的那個人，而那人實際上就是一位演員且幾乎是那個劇中人物。那些符號從最為簡樸低微的物件散播開來，接著便再也沒有什麼能讓這些符號停止作用。而這些都在演員進場前就開始了。一張空椅子已經意味了缺席、等待、死亡。

現在，請各位想像，我放在舞台上的，不是一張椅子，而是整個世界。那麼它不也變成了一座意義的花園？海洋有話要說，夜晚有話要說，戰爭也說了些什麼。

我們不再處於物質性裡，我們不再處於時間的盲目裡，我們得要閱讀世界、以及歷史和痛苦所說的話。對有信仰的人而言，一切已在聖經的書寫裡說出，就連石頭也會說話。即是如此，石頭為那些信仰話語的人說話。信仰，意思是，將自己的命運置於這閱讀和理解事物的所在，也就是在對事物的理解之中自行發現命運。我們現在可以盡力發揮更大的想像力，並且，不只是夢想將世界搬上舞台，而是將語言放上舞台。因為上場的人，他經常出入劇場，而某個東西讓他開口説話。

非常神祕，先前自椅子出現的涵意是因語言而來，整張椅子依然謙遜地實用，但是它已變成了符號。——沒錯，但是語言已經是符號。——不，不必然。語言不一定是不同於一項工具的其他東西。出現在舞台上的，是語言，並不是那種平凡無奇的溝通工具，而是如同人性的本質。我們很容易便會這樣，總是帶著舞台的約定俗成去看待台上的語言。我們和語言的關係已經改變，而且我們了解，是我們出自語言的口，而不是語言出自我們的口。我稱之為命運的，和有力話語所迎來的，並非不同的東西。永恆，是言語。言語並不是鈔票，用來買和世界之間的聯繫。言語就是世界。它賦予世界它的可讀性，它從物質和材料造出一個世界，從虛無造出無限，從死亡創造力量。有些人從未和話語相遇，從未經驗過話語的力量。古典悲劇的英雄世界並非是英雄征服了諸神和因果的世界。它是那些身處命運避走之極端境況的人的世界，在這世界裡的人們，表示他們對悲劇收場的意見，並且在那裡自己創造出證據的緘默，一種有力的真相。

只顧著尋找我們自己的同時，或許我們已走得太遠。然而我們所生存的時代並不悲劇，本質上其實是更加瀆神、世俗，也更加悲觀。我們所生存的時代令人感到無聊厭倦。人不相信能在此找回話語的話語，而世界被自己掏空。這是象徵的生態災害。

文明從來不是單義同音的，它們說好幾種語言。好比在阿拉伯世界，最常見的就是，一種地方方言倚靠一種文學語言。有我們用來買麵包的語言，也有我們用來談論星星的語言。拉丁文和法文曾經唇齒相依，語言一死掉，其用語便不合時宜。拉丁文在歐洲人的思想裡曾是活躍的語言。而在用來滿足溝通需求的地方方言和特別用來觸及難以言喻的文學語言，這兩者之間的不同，在今日的法文中仍然現行、充滿活力。但是，為了瞭解我們是在什麼樣的語言結構裡去尋找私密的語言，我們必須要設想，這兩種語言，尤其是在法文這一非常特定的情況下，實際上已被混在一起了。要區別方言和文學語言之間的不同，不只是以文法和詞彙來區分，更重要的是，以和語言之間的聯繫關係來區分。正因為這是如此難以定義！正因為這是如此難以感知！要從何得知，在動詞的焦慮中將作品的一部分留給別的語言，這個屬於難以言喻的語言，它是從什麼時候開始的？要從何得知，背叛語言神聖源起的同時，這個語言也變成了不過是一個要精通和大費周章的編碼，而它是在何時完成的？

說真的，在精神層面，死掉的語言其實是活的語言。而死掉的語言，雖承襲自文學，卻充滿生機。高深的語言不見得就一定是莊重正經、複雜、艱深或講究的，它純粹是較為肯定，透過它便能說出那些可以拯救的言語，它的作品是有助於生存的，它的作品是教導如何生存的。

大部分虛擬紀元的小孩從未說過拯救的語言。便是為此，他們都是命運貧乏之人。高深的語言不會去譏諷，它會在表達形式的遺產裡，找到它的歷史視野要說的是什麼、它世代的尊嚴要確信的是什麼、冒險要繼續的是什麼。說出這個表達思想的語言，擺脫平庸乏味的溝通，便已經是在肯定一個英雄計畫。可是有力的話語拋棄世界，有力的話語被驅逐出世界。然而要如何能不相信，劇場是一處青春可以達成有力話語的場所，以自己的身體激起有力話語的共鳴、以肉身體現它？因為，這種話語，為了要真確地有力，不能光具現在紙上，它應該要成為活生生的肉體。它應該要脫胎自真實經驗後被重新創造出來。劇場是口述的文學。口述的文學即是要瞄準的目標，口述化的文學即是為了能達成話語的一項工具。

劇場從未被寫成散文。它的文學性要求呼吸，要求吟誦詩般的格律音韻。也是在詩意的現象裡，重新出現、重新創立一個予人生命力的話語。它涉及到的不再是文學的優美。它涉及到的是改變和他人之間的關係，在話語裡重新創造和他人之間的關係。他者的相異性在詩意的話語裡是一種揭示。這一話語要有對象地說出，而如果是沒有對象地提出話語，它就重新回到停留在紙上的狀態。這個向明確目標提出對談的話語，和電視媒體的話語可說是完全相反，後者是向視聽大眾、向收視率喊話，總之是向單獨的個人喊話。體驗過有力話語的人則是進入了精神生命，而愈是身處集體創作之中，是的，他便學到了如何活著。

演員的身體，它的界限為何？相較於它，消費者的身體更加龐大廣闊，透過虛擬的義肢和假器，消費者的身體在感知的寬頻裡縱橫世界，不停地被空中來往傳播的影像所吸住。但是演員的身體並不會只簡化成肉體而已。在他身上有某樣東西是出自於他、躲開他，並且立刻成為他者身體的一部分，成為一具屬於其他人的身體。那就是話語（仍然是身體的話語，卻也已經成為了精神的話語）。我們是在人聲和話語裡瞭解到身體和靈魂的同質性（consubstantialité）、身體與靈魂的實質（hypostasie），一如神學家們所使用的詞彙。這啟始於高聲朗讀、為他人朗讀。而對某些孩子來說，這將會是他們第一次揚起聲音說話。我必須把這句話再說一次，因為我們不能忽略這個句子的重要性，因為它奠定我們傳承這一舉動的責任。對於某些孩子來說，這將會是他們第一次揚起聲音說話。這並不是一個隱喻。他們將要第一次面對一群比他們的親朋好友人數更多、更普遍的聽眾。他們已經在比賽或打架時喊叫過、大聲說話過，可是他們的聲音卻從來沒有揚起過。為了揚起聲音，他們的聲音得先從超越聲音本身開始，超越他們自己，超越極為廉價的身分認同。說話的聲音要預設一群人數更多的聽眾群，說話的聲音開始對世界以你相稱，它在時間之外冒險。

關於這點，至少，人們不會否認劇場辦得到，它便是以朗讀與公開的話語呈現開始。不過，說實在的，我認為高聲朗讀和話語呈現要比劇場來得困難許多。在劇場，我們不需要擁有一個聲音，角色會借給您。我們不需要話語，詩人會交給您。我們不需要擁有一個身體，角色自會與您相遇。

說話的明確對象

我過去竟敢說過這樣的句子：「告訴我你怎麼說話，我就告訴你你是誰。」它不適用於那些不說話的人，那些說得少、說得不好的人，那些不太清楚自己是誰的人，或者說即使他可以是某某人的人。屬於教育性質的句子應該是：「告訴我你要向誰說話，我就告訴你你是誰。」劇場的本質就在於說話的明確對象。我們太常認為劇場的本質是辯證。但我不這麼認為。劇場的本質在於説話的明確，而反駁者則是這一明確對象的一面鏡子。

學習向諸神説話，向凡人、向國族説話，有過這一經驗，我們便無法再回到一塵未染的狀態。僅於貧乏地向單獨的對話者説話，語言就會萎縮。但是，當語言向更大於它的對象説話，而且這一崇高、這一莊嚴從最小的一群聽眾開始時，語言即能創造出一個普世性的透視觀點，而這便是我稱之為的，重新創造的命運。

有權勢的人向誰説話？他們不對任何人説話，他們對提字機説話，對概括的收視率説話。而我們也能輕易地辨認出主持人虛假的抑揚頓挫、媒體化言論的不恰當。我們可以從中指出，這個因為缺少真實臨在而建立起來的演説模式。我們也能因此理解，麥克風靠近身體的使用在這些年之中如何改變了那些説話者的對象，而他們的聽眾，在自身變得隱祕之時，又是如何變成真空。

說話者的聲音是向誰說話？他不明瞭。或許是對一位神祇，對一個受到懷疑的喜悅，或是對一個被羞辱的權力，也或者是對某個精神上的相同之處。可是，很不幸地，更常見的是，說話者的聲音只對自己說話，因為這個聲音它不知道它可以，在揚起聲音的同時，可以贏得情感認同，超越身分，登上命運的海岸。

命運是什麼？對古希臘悲劇作家、最古老的戲劇詩人之一埃斯奇勒斯（Aeschylus）而言，是很多也是很少。由諸神決定，由諸神要求，而人在如此的處境下，他能做些什麼嗎？悲劇性的回答應該是不行。然而，悲劇詩人卻說可以。人至少可以表述他的命運。歷史的奔流不息，唯有在人擁有作者的創作權的情況下，才得以改變。諸神下命令，但是悲劇英雄協商得來了一部分的自由。這一部分的自由，就是述說的權利，講他的故事、歌頌他的歷史的權利。對埃斯奇勒斯而言，這不只是象徵性的。必然性之暴力若在個人層面上沒有遭受挫敗，就會在集體的層面上，為接下來的各個世代所挫敗。如果我表達得宜，我會說，歷史將會改變，命運在一個比個人軼事更為廣闊的面向裡將會轉向。若能讓那些自以為被困在他們的個人軼事裡、孤立於他們的身分認同、在消費者的寂寞裡孑然一身的人們理解這個，讓那些被如今是社會制約的諸神剝奪了命運的人們理解這個，那會是很美好高尚的事。是的，靈魂的得救在集體之中，永恆在傳承之中。

向明確對象提出的話語是命運的海岸，它混融身體和精神，並且定義共同的臨在。

一個世代其話語呈現的境況和它的歷史之間，存在著實質的結合。這個結合今日被中斷了，我們應該要在那些少數且隱蔽的地方讓它繼續存在。不是說要到地下墓穴去，只是單純的室內就好。是那些能召來全體性的室內。如此就已十足充分，我們不需要感到我們在抵抗、埋伏。聚集友人們一起用餐並不會因為別處有饑荒就失去了它的意義。意義完整地在那裡，在我們想要它在的地方，在我們的生命裡。而不是在一個概括的設想裡，這一設想很快地就會變成對無能為力的頌讚。行動，是此時此地，和那些在我面前的人。

人們在等什麼？

然而或許人們在等待的是我們之外的其他東西，因為我們這些藝術家並非培育者。或許人們在等的只是一個靈魂的增補，或是一個進入古蹟的遊戲通道，又或者是一次社會平等的實踐。這已經很多了，但是面對世界的急迫，我不知道什麼才能促使世代之間有更多的對話。什麼才能促使在培訓之外，有一處讓學生學習生活的空間。這簡直是異想天開，因為，如果那些一輩子都活在一個天空是假造的人生裡的人不站出來反抗，那麼我不確定這樣的事會不會發生。那麼就必須接受，我們在語言的冒險裡，別無他法，只能盲目前行。

和一位詩人相遇，就是和一個人相遇。一個發給您許可證的人。他可以給您您自身慾望的許可證。他為了您熱切盼望能有一個更令人想望的命運。

他打算讓自己在語言裡充滿生命力地存在著，因為他無法在沒有得到語言贊同的情況下活著。他除了詩意地活著，無法以其他的方式活著，也就是說，要回到在場與缺席的問題。這一空間、這一時間，要用在關於存在最初的學習上，這就是一場我們必須進行的政治戰鬥。每個時代都有屬於它自己的歷史，而今日，就是在那裡，那裡還有歷史。世紀的戰鬥便是對現實覺醒的戰鬥，而它絕對會在共享的語言裡實現。

03

政治風暴

爲了一個希望的建築

2010 年 8 月 7 日，寫給社會黨的文章，並於 10 月 28 日社會黨在法國西部的拉侯榭爾（La Rochelle）舉辦的夏日大學朗讀。

親愛的社會黨朋友：

首先，我很高興，政治界還記得藝術家們並沒有全部死光。無關乎挑釁，然而此刻，正當我在工作一齣關於密特朗[1]生平的劇本寫作之時，我悲哀地深受一條路的吸引，那是我們曾經歷過的時代逐漸遠離中的一條道路。

密特朗如此描述以下的故事：

「將一塊石頭放在另一塊上面，一塊接一塊，這對我來說是有意義的。你們知道這個故事嗎？一個異鄉人問工人：

——你們在做什麼？

——我們在堆石塊。

接著在稍遠處，他又問了另一個工人同樣的問題。對方回答：

——我們在蓋一座大教堂。

這就是差異。文化、研究和教育必須要來自行動。當我們為了創造而授與權力，我們便給予國家力量。」

那曾是我們重新找回道路的時代。我們和你們，但也是和我們自己。

為了脫離焦急等待最壞情況的處境，就要提出問題和創立基礎。

我想要告訴你們的事，我相信同時是政治藍圖、文化藍圖和社會藍圖。

01 譯註：法蘭索瓦・密特朗（François Mitterrand, 1916-1996），法國極具影響力的政治家，一九七一至一九八一年之間擔任社會黨黨魁，一九八一至一九九五年之間擔任法國總統，是首位民選左翼總統。

就算這只鼓舞了我一人，我也希望至少**最低程度**能提供你們一些辯論的素材。

為了試圖找回我們共同的道路和時代，我想要和你們迅速掃視一下近期屬於我們今日的歷史根源，以期能夠更好地辨別那些呈現在我們面前的賭注和挑戰，好去想像一個希望建築的藍圖。昨日、今日、明日，在這一階段，你們已經可以為這分成三部分的藍圖感到驚豔，並且心想藝術家看起來很認真嚴肅，你們也可以一如往常打呵欠，一邊指出藝術家很無聊。

歷史上來說，我們法國社會的文化藍圖長期以來都是（始終停在？）全世界的一個參考，卻未因此成為一個典範。我們被某些人挖苦，尤其是美國記者，如果夠高雅有教養就會認定這一法國經驗是個失敗的例子。給藝術家的補助、文化的法蘭西共和國，這些將會被去勢，因為它們都會令創造力變得懶惰。這純粹是（與其說是自由，不如說是）自由主義的言論，儘管如此，卻還是沒有真正的答案或回應上的推論。

這個攻擊值得對我們的制度提出觀看的疑問，以及對感知的觀看提問，這個感知是關於，我們現在所擁有的，並不是非「文化的」而是透過「文化」的民主化之現行機構。

這大概得要在一九六八到一九七〇年之間找尋此一改變。無論如何，至少要在劇場的世界裡找，因為這一領域，從好幾世紀開始，在歷史上便同時是先驅也因逆風而動盪，是自由的思想卻也順服於君王，劇場的世界有作為模範的價值。所以請允許我稍微地喚起歷史的記憶，我相信這會有所啟發。在一九七〇年代初，劇場進行了一次轉向，這來自於歷史有時會速度失控而發生的現象。由尚・維拉和尚-路易・巴侯[2]象徵性地化身而成的「父親」，是編年史裡令人緊張的兩個系譜，而它們很快就會被中斷，因為他們的路線未能成功證實，機構可以鏗鏘有力地銘刻下藝術的自由與冒險。難道我們該責怪這些人陪同國家將一切卓越的成果組織編制，就那些劇場形式的展現來質問他們個人的實踐？指責他們成為中產階級劇場的擁護者？很難，一旦當我們想起來，自戴高樂將軍為法國奧德翁劇院開幕後，保守派從一九五九年開始便不停地等待劇院的失敗，而巴侯在一九六七年的時候，邀請了惹內的《屏風》[3]到劇院裡首演；或是一九六八年時，維拉邀請了生活劇場[4]到亞維儂藝術節演出。佔領奧德翁劇院具有兩個運動的性質：第一個是和劇場較無關係的選擇，它關係到的是因戰略而確立的政治象徵；第二個是，儘管巴侯有著左派的形象，劇場同行仍然慢了半拍才加

02　譯註：尚・維拉（Jean Vilar, 1912-1971），法國劇場導演、劇場與電影演員、劇院總監，一九五一至一九六三年擔任巴黎國立民眾劇院（TNP）總監，一九四七年創辦亞維儂藝術節，並擔任總監直到他於一九七一年過世。尚 - 路易・巴侯（Jean-Louis Barrault, 1910-1994），法國劇場導演、劇場與電影演員、多間劇院總監，特別鍾情於默劇表演，演出著名電影《天堂的孩子》（*Les Enfants du paradis*, 1945）中的主角、十九世紀的小丑默劇演員 Baptiste-Debureau，從此成為影史上深植人心的默劇演員形象；一九五九年時由文化部長馬勒侯任命為奧德翁劇院總監，一九六八年時巴侯開放奧德翁劇院給抗議學生佔領，而遭追究下台。

03　譯註：《屏風》（*Les Paravants*），惹內寫於一九六一年的劇本，也是他最後一齣劇作，描述軍隊在阿爾及利亞戰爭期間的醜惡面貌。於奧德翁劇院演出時，距離阿爾及利亞戰爭結束剛過四年（劇院文獻上記載演出日期為一九六六年四月，和作者內文所寫的一九六七年，年份未符），當時國內傷痕未癒，因此被視為對政治的侮辱，引起憤怒的議論，一群極右派份子聚集在劇院外甚至衝入劇院內暴力抗議，風波最後由馬勒侯出面平息。

04　譯註：生活劇場（Living Theatre），由 Julian Beck 和 Judith Malina 夫婦於一九四七年在紐約創立的激進劇團，作品多為在街頭或城市空間裡的即興創作或偶發藝術（happening），打破觀眾與表演之間的分野，並結合藝術與政治抗議，為美國實驗劇團的先驅。生活劇場對歐洲是一次美學和道德上的衝擊，一九六八年他們在亞維儂組織了一個遊行隊伍，名為「Paradise Now」，在兩齣生活劇場政治意味濃厚的劇目演出之後，遊行開始，疾呼「劇場在街頭」，過程融合行為藝術、即興歌舞、挑釁或質問觀眾等，接近狂歡的儀式形式，藉此呼應當時的政治氛圍、探問劇場與生活的關係，同時引發亞維儂市長要求禁演事件。

入一場不滿現況的激進運動。和電影界相反，劇場界應付不了它的左派局面，它太晚才了解到，它自那時起就更加地被認定為如同一整營的「文化總督」，如同一支傳教給所有人的文化部隊，變成了一個捍衛中產階級象徵的兵團，維拉－巴侯也消融成同一個嚇人的形象。一九六八年隨後生出了一個衰弱的文化部和一個政治上由內閣團結一致規格化的部長，一個沒有巴侯的奧德翁，以及和民眾劇場切斷關係的劇場職業，並且自相矛盾地將劇場任務朝「非公眾」的方向工具化，非常快地便獻身於個人成就的祭台上。相較於作為一個象徵性的革命，一九六八年更可以說是一個屬於象徵的革命。看，這就是不對法國劇場加以評論的事實。可是對於運動中的人們而言，一九六八這一年則應是一次對於現行生存秩序的不滿爭議，並以世界級的規模展開，處於一連串的運動之中，這些運動同樣發生於美國、德國、義大利、日本、墨西哥、巴西，在捷克斯洛伐克的布拉格之春，或是在中國的「文化大革命」。如果說，一九六八年的獨特性首先可能在於澎湃地緊密重疊文化界、勞工界和政治界，然而我的感覺是，雖然他們彼此有著相互的處境，但是在那些推動法國文化冒險的運動和遍及世界的政治奠基運動之間，仍然形成了一個新的歷史差距。

請你們明白，我在這裡要談的是政治藍圖，而非藝術上的評價。利於美學探索與發現的時期，我想只提出一個例子，由賈克・朗[5]於一九六三到

05　譯註：賈克・朗（Jack Lang, 1939-），法國政治家、社會黨員，曾多次擔任法國文化部長和教育部長，任內推動許多重要文化政策，例如：書籍出版品單一售價制度，以支持出版社和獨立書店正常運作。賈克・朗年輕時所舉辦的此大學劇場藝術節非常成功，具國際聲譽，且為法國觀眾介紹了麵包傀儡劇團、羅伯・威爾森等。

一九七二年之間在南錫（Nancy）創辦並主持的國際大學劇場藝術節，而且為此，當時正在雜誌《新觀察家》（*Nouvel Observateur*）寫劇評的侯貝．阿比哈雪[6]於一九六五年寫道：「來自二十一個不同國家的二十五個劇團，一群特別熱情的觀眾，以及一股高昇、具有感染力的狂熱氣氛，圍繞著同一個目標：劇場。」關於接待，法國絕對能勝任。可是，法國能從中學得什麼？

我們，身為文化人，從來沒有完全離開過這個複雜的遺產，而我們只不過以實現個人的方式，舒適地陪伴了一個幸福的社會。

而真正該談的正是這個。集體的計畫變得次要。每年六月二十一日的夏至音樂節就是一個很好的例子。真正深受大眾喜愛的成功範例，音樂節的成功在於邀請每個人／所有人當一個晚上的藝術家。帶有種類上的限制。

外亞維儂藝術節則更為反常，以自由為前提，實際上卻變成一個既無信念也無律法的演出市場。我相信就像處於脆弱和強大之間的拉科戴爾神父[7]一樣，是自由在壓迫，是律法在解放。我從「律法」所理解到的，是共和國。不過，在不知情的狀況下，難道不是共和國自己走錯了道路？請原諒我用了第二次這個道路的隱喻。

06 譯註：侯貝·阿比哈雪（Robert Abirached, 1930-），法國作家與戲劇學者。

07 譯註：拉科戴爾神父（Henri Lacordaire, 1802-1861），法國著名神學家、宣道家、政治家，改革制度、重建了法國大革命之後的道明會。

社會黨的朋友們，請允許我將這一航向的改變座標於一九八八年。密特朗和賈克·朗以五年的時間，與前任政府對於文化溫和但薄弱的關懷態度切斷關係，推動了一個具有一定結構因此也對社會具有建設性的真正發展，並且在經過兩年的痛苦共生之後，再以密特朗第二個七年的總統任期，確立了一種有些狂妄傲慢的自豪模式。意外的資助好處不再連同一個政治計畫而來，它變成累積的投資和對藝術同行的債務。一個共和國的計畫，若其核心包含藝術與思想，那麼就會變成一個我們這些專業人士得好好持續探問的制度，既然它對我們有利。

人們生產，不再知道是為了誰，甚至不知道為何。人們生產而且人們企圖販售他們的產品。正是當這個商業的、耗盡的純粹交換就定位的時候，國家發現自己其實可以退出了，偷偷地，但最好還是作為一個調節者繼續待著，以表現出它的政治責任。這便這麼發生了。而從此，還有誰能捍衛一個在集體與領取補助者之間的競爭裡被削弱的政治？對此，長久維持不變計畫的夏日節慶活動，其不真實的奇特增殖便是一個很好的說明。巨大的混淆。

今日難道不正是時候，必須去建立一個新的政治戰鬥的環境？

並非階級抗爭的那種政治戰鬥，而是在面對意義的喪失被重視之際，所要進行的個體抗爭。社會主義為權利戰鬥。話語權、健康權、教育權、自由時間的權利等等。這些權利形成一種尊嚴，它曾是過去要努力達成的目標，因為一個階級剝奪了另一個社會階級的權利和尊嚴。這些最起碼的基本權利都是首要的，而這個被稱為「社會主義」的政治運動之戰鬥，也正是「公平正義」的同義詞。這些基本權利都是也將還會是社會主義的最後之戰。居住權和溫飽權，決定他在西方社會裡的命運的權利，只有少數人反而就此被剝奪了這些權利。然而不可忽視的是，這些少數人，竟然又重新進入人數變多的階段。社會主義的戰鬥是否只屬於這一單獨的少數族群？無論在哪裡，我們是否都該以他們的名義發言？我不這麼認為。我們應該只以那些沒有話語權的人之名義來發言。戰前，無以得到基本權利的曾經是佔多數人口的勞動者，今日則是在西方的少數族群，以及，在更遠的地方，還有一群非常廣大的人口，他們要比代表一八七一年的巴黎公社或是人民陣線[8]的人群要多上更多，而且根本無從比較。要等到社會主義打算為他們做些什麼的時候，也就是說，只有當社會主義在它的抗爭行動中放置了猶如貫穿南北的全面對話時，那麼它才會回到它真正的出身。這是屬於戰鬥的一部分，它看起來好像遠離了文化的問題，不過那只是表面看來，實際上並沒有。那是因為文化的定義在政治領域裡不能劃地自限為美學的評判或詩意的話語，而必須要以社會正義這把量尺去思考它，但是在此社會正義裡卻又沒有任何一樣是可供擔保的。我的言論並非我們的價值與文化產物的輸出，而是文化上與社會文化行動的重新定義，這一定義則是出自於那些奠定行動的價值，因此不能讓這些價值淹沒於電視娛樂的自由主

---

08 譯註：法國人民陣線（Front populaire），左翼各黨派與工會組織於一九三五年聯合起來反法西斯的左翼政治聯盟，並於一九三六年以人民陣線的名義聯合贏得法國立法選舉，通過勞工權益的相關法案、每週四十小時的工時法、提高工會與資本家談判的權利與地位等。然而內部政治立場分歧，逐漸出現矛盾和分裂，於一九三八年宣告瓦解。一九三〇年代，亦有其他各地組織人民陣線，如西班牙、智利等。

義、科技主觀性的購買、父權式的煽動宣傳、文化不在場的觀光、裝飾性質的口號、預定給精英的國家文藝資助但我們其實不知道他們這些精英是否能為明日創造價值，等等等等。

文化變成一種階級的「體育運動」，於城市生活無關緊要，可是必須要鼓勵勞動者參與，因為它是接納的符號之一，代表有良好融入社會或是擁有更好生活的符號之一，一如網球、高爾夫、海邊假期。然而，它和改善勞動者的生活並沒有關係，它關係到的是內在生命，意思是為他帶來擔憂的態度、基本的空缺，而這些正是藝術靈感和自由意志裡那顆激越跳動的心。文化並非慈善佈施。首先，文化就不是一樣物品。文化，儘管它可以是一本書、一場演出或一幅畫，但文化不是一樣物品。我們得擺脫這種文化是物品的看法，它一方面是透過古蹟遺產所具現，另一方面則是由藝術市場的投機所形塑出來。文化不是一樣物品，它屬於不確實、不可計量的內在層面，而且它除了完成自身之外沒有其他目標。當我說，文化事實的主觀本質是場還要繼續的戰役，我在肯定的是，教育和文化其實不過是一體。文化是永久的學校，人們在其中研究個人和世界的關聯，而這和世界的關聯是一個要比社會地位來得更崇高的尊嚴。

可是對那些既非被排除又非貧苦悲慘的勞動者而言，該向他們做何提議好呢？什麼樣的政治戰鬥是為了他們且是由他們所開啟？社會主義是否應該為了提升購買力而戰鬥？你們知道並非如此。問題在於，要知道將會被購買的是什麼，會有何後果，而這一購買將會賦與何種意義。如果只是為了看人們、甚至是最悲慘的人，在最荒謬的消耗主義裡前仆後繼，那麼提升購買力又有什麼好的？如果我們不向那些被剝奪權利的人建議消費社會之外的事物，建議一些代表附屬社會、意義卻是最為空洞的符號之外的事物，那麼我們有可能真正地改變社會嗎？不，還沒，而這就是為什麼確實的社會主義戰鬥在今天必須重新定義所謂尊嚴的觀念，以及打造和世界有另一種關聯的環境。便是此，我們可以稱之為文化。而文化和教育即是在此行動意義上而成為同義詞，因為，這項工作從未結束，再加上，迎向永遠更宏大的學習和適應，這個開放是生命所需的重要事務。同樣地，我也是因此相信，不該說教育是專業培訓，況且教育界太過於為失業擔負其罪，但事實上它並不需要為此負責。根據真正的社會主義來說，教育的觀點，並不是只有培訓工作者，而是一個具有分析和覺知之自由的環境，這些使人之為人的條件。這是通向話語和壯大自身話語的入口，而這些都是具體表達自身命運的工具。對此有所請求的人並不是秉持理想主義的精英，精英夢想的是一個知識分子的國家，對此有所請求的人，對他們而言，公立學校並非一個選項，對他們而言，公立學校是青春最短暫的高峰，在他們還沒有以他們將來不會得到的職業作為自己的身分認同之前，或是受到電視影響而被一致地規格化，同時有損尊嚴卻又合乎世俗要求，在那之前，他們還有機會在學校裡認識自己。沒有人會拒絕提供給他孩子的優質教育，可是看來許多人卻拒絕了文化，這說明了在肯定文化政治的同時，其中存在著一個奇怪的混亂邏輯。的確，維拉未能讓他的觀眾席坐滿工人，這也非他的目標，然而，在他面前的是一個國家，這個國家則完全信服於他行動的正當性。我們已經遠離了那樣的時代，在今天這個時代，「知識分子」在高中的中庭裡已經變成了一個罵人的話，藝術被認為是玄祕深奧的，而劇場是做給那些喜歡感到無趣的人看。

文化從來未曾達到像這樣的程度，成為一個有水準的物品。可是即使是所有的機構都各就其位地為大師之作進行確實的普及民主化。大多數的人還是失去了創始的神話，但是卻是這些神話讓人得以進入昨日和明日的作品。主觀性變得貧乏以及對於象徵性的混淆，導致文化不是變成大眾休閒娛樂、就是變成前衛的研究，在如此的差距之間，民眾文化的實質意義也因此偏離了。如果我們今天有全世界最健全的醫療護理制度，那麼社會黨的未來，就是要讓法國人民擁有教育與文化的最高程度。奇怪的是，企業家比政客更搶先明白，在一個生活需求都得到滿足的社會裡，已經不再有什麼好拿來賣的……。再也沒有，如果那不具有新的主觀性。一支功能更強大的電話、更寬廣的聯結、浮動的信用額度、影像的擷取、身體的改造、同一類型的各種符號可用以融入這個或那個社群。這些科技主觀性雖被普及大眾化，卻使得個體受困於無能生產真正的話語。因為建造一座大教堂需要的不只是工具而已，行動和其意義都同樣必要，既是能量也是目標的社會聯繫亦是必要。正是在此意義上，我們可以如同談論一個新宗教一樣地談論文化。並不是因為它可以重新生產出一套教條、極權教會的教階制度、或是否認個體自由的生活道德規範，而是因為從詞源學的意義上來看……。在各種相異之間重新聯繫（relier）起那些奠基聯繫的事物。文化是一種翻譯與表達的宗教（religion），傳遞、交換和聚集的宗教，簡而言之，就是創造聯繫的宗教。而聯繫，科技產品業在這方面絕不會停止將它當作一個社會的希望來販售。

網路在過去十年裡便呈現出一個比社會主義還要厲害的希望，一個聯繫的希望，它相較於所有為民主而發起的激進表態與投入，都要更加地龐大、普世、自由，也比較不那麼武斷、教條、極權。這個民主的替代品表現得就如同對商品妥協的完全自由。會因此發生什麼事呢？除了某些替代網絡，首先是競爭力更強大的資本主義價值，接著是隨之而來的性解放，從革命性的價值轉移到色情市場。同樣地，我們過去可以對抗金融資本，今天我們必須對抗的是象徵資本，屬於少數階級的媒體精英。這群精英儲存思想，並且為了他們的產品極盡可能地利用多數的群眾。在工作生產線上，又加上娛樂流水線、思想流水線，腦袋的自由時間得力抗地獄般的勞動節奏，以及永遠更多的工作時數，只為了維持一個形象工業，不僅意義空洞，還把思想變成資本、儲存在保險箱裡。象徵的資本主義接續在金錢的資本主義而來。大多數的群眾得要抱著最低限度的象徵希望來存活。並不是因為他們缺少神話、言語和形象比喻，是因為他們不能將這些運用在希望的使命裡，前往先驗的境界、前往真理。

工地

所以今日要做的非常重要且艱難，工地廣大，它必須要從慾望而生。

如果社會黨準備好要重新面對精神的挑戰，那我真的非常高興。事實上我相信，我們不能只談文化而不談教育，我也相信是時候從中理解，它關係到的並非協助或是道義，而正正是執行社會藍圖的心力。在我們疲乏的體系裡，要能完善發展和成長，就得依靠智識和創造力。

那麼是的，藝術家，一如探勘者，在這些辯論中，擔負著最實在的責任，更甚於此的是，扮演著根本的角色。

今天我在這裡向各位所講述的，其養分來自於我的實戰經驗、劇團去中央化的經驗，隨後還經歷過奧爾良國立戲劇中心，一路來到了奧德翁歐洲劇院。我們很能接觸到事情的具體情況。

我即將領導近四年的場館，亦即奧德翁，過去的重要任務就是將它打造成一間關於劇場方面的參照機構，提醒並確保公共服務的任務能長長久久，而這正是奧德翁劇院該做的事。如果我們處於美學歷史等同於政治歷史所橫跨的兩個世紀，我們也會有抱負想要寫下接續的歷史。

然而今天，如果沒有對語言環境的深刻關切，歷史將不會懂得自我創造，這個語言環境指的是我們的環境，而且尤其是年輕人的環境。實際上要怎麼做，才能像是還有二十年的時間一樣讓話語以這種方式分享出去？這個困難很有可能就是我們的機會。在歷史與未來的交匯處，我們知道，一座劇院仍然是聚集形形色色的最佳場所。在這獨特的框架下，口述性的傳達，特別適用於我們的職業，這一傳達能讓我們所有人都可以重新學習聆聽、能夠長久地聆聽。

年輕人有時對此不再有所意識，這般簡單的道理，那麼我們就該讓他們理解，在他們出生的時代，第一個重大的符號變成了人，重新挺直、讓人面對他的複像、表達他的特殊性、創造他存在的敘事。讓他們理解，我們來自一個已存在二十五個世紀之長[9]的世界，在這一世界裡，我們被召集前來一起聆聽我們自己的歷史。自此，人類的這一需求就從未乾涸過，透過語言存在的需求，說故事的需求，記憶往昔以明白現在並想像未來的需求。橫渡時間之際，這些話語的匯集仍然延續。我們也來自於這些祖父母輩，尚·維拉的演員們擺脫了社會條件的宿命束縛，將榮耀賦與工人，讓他們和教師與工程師坐在同一排觀眾席上，儘管對每個人來說仍不太一樣，但是能分享共同的情感，人類的歷史。透過面具所表達出來、我們自己的這一部份，要比任何一種體現都更加有力量，而在文學的謊言那裡，它也是我們屬於真理的那一部分。真是擾亂人心的人類，他為此將現實隔了一段距離，並且在事實的失真裡發現。總之，我們來自世界的這些地方，它們往往是相似的，在那裡，剛剛好可以生存，而詩人知道如何具體象徵出希望，以及透過文字賦予明日意義。大聲說出、音韻十足地吟誦出、唱出、低語出，在同一瞬間裡，思想的具現和授粉就是語言的口述性。這說明了召集公眾聚在一堂的責任，因為召集者請公眾給他一點時間好敍述他認為重要的故事。經過一個又一個的世紀，這個召集者就是其中一位馬拉松跑者，他放棄中途休息，為了不讓人類退縮到沉默裡。

今日有一個真實的力量可以去扛起語言的武器。帶點美麗的自豪，告訴自己，我們不會因為懶惰而鬆懈，或是害怕變得可笑，而是以重新徵調語言、話語和聆聽，來承擔起我們的自由意志。難道你們沒有聽到噪音未曾停歇，而必要的話語卻缺席？

—

09 譯註：二十五個世紀的時間算法，應是意指從西元前五世紀的古希臘戲劇開始算起。

我們可別弄錯了，撥火棒或是衰退說的支持者都不屬於我們的陣營。他們站在消極解決的這一邊，這種方法只是讓我們人類社會形成的因素消失在語言的簡易之中，這些被胡亂截短、斷章取義、被其他程度差的語言搞得面目模糊的簡便語言，令我們的書寫、話語變得乏味貧瘠，當然也使得我們的智識變得同樣如此。自由、平等、博愛，如果我們不懂得表達它們、分享它們、實現它們，那麼它們就什麼也不是。

對於被排除者而言（不過不只是他們），將至的革命之一就是再度佔有語言，拒絕封閉在紆尊降貴的天真裡。力量的關聯在此；表達、聆聽，一律平等。那麼，這樣的時代就會到來，到了那時，這些毀壞日常的不安不適、生存困難、各種挫敗將不再是沉默的暴力。對那些懂得聆聽的人、對那些懂得說話的人，世界不再是同一個世界。當老實人明白並且回應的時候，謊言變得較不那麼容易。突然，這一「群體」，人類的大教堂，就建立起來了，而這些人類都是有一天醒了過來為了能看得更遠，有一天說話談論為了能想得更宏偉。

誰是最強的，是在流行符號的平庸無奇前讓位放棄的人，還是樹立威信並使他言論中的複雜辯證變得清晰易懂的人？

我們便是身在如此的處境之中。所有人。被接納或被排除的（看著「他人」的時候，可別搞混了）。

所以我相信在今日身為左派，並非只是為了要調高最低薪資，是要給予希望，也就是說，要給予不同方法以表述其流變。教育和文化絕對是同義詞，彼此賦予意義。學習並不等同於職業培訓，而是自我的學習，進入文化並非融入社會的象徵，而是自我的發現。

我請求你們從此把我們工具化。是的，工具化也就是運用藝術家、教師、研究者，把我們當做這個偉大藍圖的工具。

這無關乎是否要在此刻提議明確的綱要規劃。它將來自於集體的工作。在我看來，必須要從一個問題談起，如何繼續談論民眾文化，而我們過去又是如何談論民眾劇場？我現在在這裡要談的遠不同於弗雷德瑞克·馬泰爾那本珍貴的《全球文化戰爭》[10]所談的主流文化，我們的主題，你們都已明白，並不是要解決文化產業的問題。不必要去跟我們的朋友美國、中國或印度相互競爭。我們特別的力量尤其在於我們懂得「迎接」的學問，從莎士比亞到阿莫斯·吉泰伊[11]，中間還包括法蘭克·卡斯多夫[12]，法國之所以偉大是因為它樂於共享的普世主義意願，而不是靠征服得來。

形成民眾劇場的，並不是奇觀和娛樂，是思想。每回只要當我們想要向大眾提議一趟通往意義的冒險時，形式問題就會變得過時不合宜，藝術的

10 譯註：弗雷德瑞克・馬泰爾（Frédéric Martel, 1967-），法國知名社會學家、作家、記者，於巴黎政治學院任教，並於法國國際關係研究中心和法國文化部擔任研究者。其多本著作皆專門探討分析全球化底下的文化現象和趨勢，對當代論述頗具影響力。《全球文化戰爭》（*Mainstream: Enquête sur la guerre globale de la culture et des médias*, 2010）一書，藉由大眾流行文化來探討，文化和媒體的全球化生產模式和運作邏輯。繁體中文版於二〇一四年由稻田出版社翻譯出版。

11 譯註：阿莫斯・吉泰伊（Amos Gitaï, 1950-），以色列電影導演、當代藝術家、劇場導演，主要在以色列海法和法國巴黎兩地生活。至今累積之長短片、劇場和當代藝術作品已有九十部之多，主題和形式多元。

12 譯註：法蘭克・卡斯多夫（Frank Castorf），一九五一年生於東柏林，為德國當代重要的劇場導演，東德時期在各大劇院執導作品，兩德統一後擔任柏林人民劇院總監，並持續創作具有顛覆力量的劇場和電影作品。他所執導的劇場作品《賭徒》曾於二〇一三年來台演出。

障礙可以被超越。為了要重新思考民眾文化，我們必須要完全忘掉那些老套的煽動手法、知識分子的父權主義、大眾教育的想法等……。我們也該學習駁斥那些將藝術需求和觀眾席滿座視為對立的錯誤公式。劇場，我談的是我認識的劇場，它向一個既被碎裂分子化卻又一致規格化的社會說話，在這個社會裡，無產階級的形影一如中產階級的形影消散在模糊不清的迷霧之中。社會的整體在文化層面上是均質的。面對這個均一性，所有類型的個體配置會無止盡地組成多個社群，且因為缺少了普世性的神話，所以每個人都同時擁有融入與排除的儀式。劇場因此再也不能是單一含義的，也不能預設只向某個限定的社會團體說話。它並非處在一個反抗的立場，而是處在堅決要求的立場，它戰鬥的對象既不是全球化、也不是高速的視頻網路，它滿足於作為它本身應有的存在，因為必須要如此，它不需要其他的正當性。人們有時要求它要成為一門藝術，不過它只需要滿足於成為劇場就夠了。正是因為以劇場為名，它的古老一如它的創新，它是世界的鏡子也是新聞的對立，它是無需爭論的純思想，而它也是，儘管某些人不樂意聽到這個會掃興的詞，但是因為它始終小眾，所以它本質上就是民眾的。意思是說，它並不是大眾文化，而是給所有人的文化。

藝術和政治的角色應該重新找回冒險的興趣、創造的自由。網絡的能動性、若干文化行動者的能動性，仍舊完好無損，必須要將這個能動性組織起來，將它拿來灌溉我們共同的感受力。你們還記得，第一次的去中央化其實並不是行政上而是劇場上的。我們可以因此從一些有承擔的選擇出發，來創造一個文化地形學，它不再是心靈的補充，而是日常顯著的存在，就如同學校和社會安全一樣。我們可以達到目標，如果我們能想到的是永續發展而非曇花一現，或者是，如果你們更喜歡的是經常性的活動而非偶一為之。以上想說的是，我們必須具備一定的勇氣來結束掉顧客本位的邏輯、亂撒預算和煽動的宣傳。必須大膽提出有抱負的計畫，一如一九四七年的文化祕書處、一九五九年的馬勒侯以及一九八一年的賈克．朗所實施的計畫。這一抱負若是沒有教師界的響應就無法完成，需要的也不是有人招攬顧客，而是更需要能分享、傳播知識的合作夥伴。我在劇院的本季活動裡便親眼看見，一群失學的孩子，深受一位和他們有相似處的嘻哈藝術家所吸引，而這位藝術家同時也是一位作家，我看到他們在六個月的時間裡，如何聚在奧德翁劇院寫作和討論，發現他們自己而感到讚歎，為那些他們原本就有卻不知道的感到讚歎。

非常暫時的結論

現在必須要進到後資本主義的紀元了，而從現在開始，透過意識定位的轉變，這是可能的。賺得更多有什麼好，如果這個更多無法提供任何尊嚴的要素？賺得更多有什麼好，如果這個更多無法作為文明的遺產傳給未來的世代，賺得更多有什麼好，如果這個更多不是一個更大的社會正義、而只是一個可笑而不值一提的消耗理由；賺得更多有什麼好，如果教育、健康、文化沒有一樣能夠從中受惠；賺得更多有什麼好，如果這不是為了有益於文明的藍圖？

總之，我擔心我們想要讓勞動階級去賺的這個更多，這個在五十年前曾經代表了一個真正的尊嚴的更多，今天不再具有任何意義。世上還存在著窮人和富人，這是無可否認的，不過他們都有著同樣的文化，商品文化、速食文化、對影像的衝動著迷、對空洞虛擬性的相同依賴、受電視媒體大量灌輸的規格化語言。就連億萬富翁他們自己在今天也和手頭拮据的人遵循同樣的社會準則，也是因此無產階級已不復存在。而且尤其是因為如此，無產階級曾經存在，當它還知道什麼是它的文化的時候，還知道文化並不是去一間免稅商店裡買的時候。如果社會階級能將金融上的損失變成一種詩意的力量、知識的自尊和獨特的話語，當它不再存在的時候，那麼一個真正有力量的政權要建立在什麼之上？看，這就是要提出的問題。看，這就是我所稱之為的「打開後資本主義」：用金融工具為社會價值抗戰，而不要把金融的利潤作為唯一的價值。可是誰想這麼做？精英？不是，是那些極度渴望另一種生活、別種價值的人，也就是人民！那些渴望能給他們孩子更好的教育機會的人，那些渴望能擁有智識、理解大師作品的人，那些不希望虛度光陰而是希望能擁有自由時光的人，他們希望能擁有這些為了能更加靠近他們自己，他們，就是人民。

如果左派的領導者們不再有能力去理解人民這一如此基本、如此實質的需求，那是因為他們被孤立在由民調和收視率所主導的媒體象牙塔裡，而民調與收視率沒有能力衡量一個社會的真實渴望。請各位去問路上的人，他比較想要認識莎士比亞的全部著作還是希望中樂透？他會怎麼回答您？而我自己，我又會怎麼回答呢？回答說，金錢無所不能，應該會想要錢？然而，我內心深處的渴望是什麼，那個我不敢揭曉的渴望，那個沒有文字可供表達描述的渴望，而且特別是沒有時間好好敍述關於這個渴望的故事？

這些民調、這些收視率、這些以百分比武裝的社會學或許是準確的，但是並不是真相。真相是窮人或富人需要找回自己的尊嚴。而身為左派，就是要讓他們擁有這個尊嚴。

今日的窮人沒有這個尊嚴，他們不再是貧窮的，他們是悲慘的。而以異國、部落和都市的方式表現文化，這已騙不倒我們。在那些命運之神忘記眷顧的階級裡永遠會有藝術家，這裡要談的與他們無關，而是關係到那些為他們鼓掌的人們。尊嚴是最高的價值，而一個名符其實的左派人士應該要為此挺身而戰。最身無分文者的尊嚴，被驅逐者的尊嚴，少數者的尊嚴，被監禁者的尊嚴，新聞媒體的尊嚴，學生的尊嚴，女人的尊嚴，信徒的尊嚴，一如不信教者的尊嚴，所有為了一個更好的生活而奮鬥的人的尊嚴，而且對他們而言，更好的生活不是一張信用卡。

今天的政治人物是如何回應這一關於尊嚴的問題？用一些丟在棺材上的硬幣，以一種有點羞恥不光彩的施惠來回應，而這些和一個能建造更好社會的希望卻一點關係也沒有。讓我們戰鬥再戰鬥，要讓文化遍及各個角落並且始終都是容易親近、浸淫的，要讓教育向文化打開大門以及讓文化向不懈的教育打開大門，要讓所有人保有尊嚴、自豪於不想停止學習。這是個夢想，這是個烏托邦。我可以接受世俗的偶發意外有時會折損這個夢想，而在文明這條道路上，我們多少會因危機的時代而跌倒失敗，我可以接受這些，但前提是，政治人物要為教育和文化全力以赴，全力以赴！沒有留**一個**位置給文化的這種事，**所有的**位置都是為了文化。文化的意思是：學習、研究、發現、政治參與、開放、寬容、認識並接受不同、創造話語的條件和環境、共享意義的基本概念、藝術的實踐、擴大內在生命、相遇等等。

別把我們自己困在那種只會把櫥窗裡的大師之作當文化的想法，也不是那種一切都是文化的想法，那看起來只像是職能治療的工作坊。文化，既非淵博學識，也非娛樂，文化是為了通向意義的能量。

不過，在意義的概念裡是有可能存在著令政治人物感到驚恐的神祕主義。然而，我相信，意義正是他們的工作，指出意義、給予意義、承諾並完成意義。今日，公民的一大錯誤，就是認為政治人物才是建立社會的人，但是建立一個合乎情理的社會的其實是男人和女人，只是這個意義的尋找，應該要由政治力量持續不斷地輪替、支持、加強，因為政治力量代表了這個對意義的想望、這個想要認識與理解的渴望，也就是我前面所稱的「尊嚴」。並非留一**個**位置給文化，而是**所有的**位置都是為了文化。少數族群在他們權利上的請願並不是財政上的，而是關於他們形象寫照的權利、關於他們不同差異的權利。我會稱之為「文化」的，是所有社會變化的總和，而這些並非屬於財政的範疇。

廢除死刑是否是個財政問題呢？

政治是文化的一部分，而非文化是政治的一部分。這個文化曾經具有來自馬克思主義所打造之思想體系的政治器官。我們可別忘了，自由黨人都是馬克思主義者，既然他們想要包圍資本。我們也別忘了，當社會黨人只會使用對應貨幣的詞彙來分析社會時，他們便依然還是資本主義者。這就是為何必須脫離資本主義的時代，並進入文化的紀元，意思是，構思出一個希望，而不再是謀劃財政上的不公道。今天在希望方面，何者是最豐沃的？以上就是要問的問題。

04

普世主義風暴

在
普世主義的
星空中

可是，如果不要武器輸出，也不要道德教訓，法國難道沒有東西可以提供給明日的世界嗎？

在法國的未來裡，難道沒有一個更基本、更原初、更創見的觀念，始終新穎且能發揮影響力，讓法國可以在不同國家的齊奏裡創造命運，同時認識到自己的歷史？

「人的權利」，法國概念，繼續刺激著許多國家的無意識，但這不是法國今天唯一的特產，關於這方面的看法，還有一個在它之前的觀念主宰著法國文化：普世主義。

這一觀念在今天不被重視，很有可能是因為它受到殖民主義意圖的牽連。人們不能忘懷，普世主義被用來當做殖民主義的託辭；一如為豎立民主的抗爭可以正當化地緣政治的利益。人們不能否認，殖民計畫放棄了讚揚和鼓勵文化差異的豐富，取而代之的是法式的普世主義，它強加了法國歷史和文化的模範，成為參照上的專制權威。

然而也總是這個普世主義建造我們的社會，就好像透過這個含糊不清的詞，社會試圖在其超越之中找到它流變的意義本身。因為一個國家的生存不能缺少意識型態的眼界。普世主義懷抱兩個夢想，一個叫做文化，另一個叫做廢除邊界。在文化上，邊界的廢除已經實行，沒有邊界觀念的廢除，就不會有真正的文化。革命性的普世計畫在過去打造了歐洲，可是今天，歐洲不再懂得成其所是，面對失敗的財務，它應該要牢牢記住的是，它是因其起源而成為一種文化概念，經由此一概念來廢除領土的邊界，能打開人更廣大的知覺，促使公民能夠找回他的哲學本質、他不安於現狀的基本憂慮、他對於超越自身問題的熱情、他對於烏托邦戰鬥的熱情。

當務之急是要歐洲和法國找回對於失落之戰的慾望。沒有這些失落之戰，實用主義就沒有機會在它自身的失望之中倖存。為了有能力以那些不會壓垮事實性的詞彙來思考世界，我們對於理想有迫切的需求。在內在固有價值的普遍危機中，我們不再有什麼能對抗的，除了展開理想的反抗。而在放棄所有行動的可能性時，還能夠做的就是提出關於目標的問題。普世主義便是這些失落之戰的其中一戰，而我們一定要在這樣困頓不幸的時代裡發起這場戰役。

法式的普世主義和天主教教義的關係密切，但是在革命論說中被重新改造。文化方面，不允許國族美學，而這在全世界的文化政治裡是極為與眾不同的事。法國，就是超越國族，是國族優先的對立面，是傑出的開放文化。它運用世界的所有支流，但不是要成為民俗學，而是要成為這個世界身分的一部分。因此，我們可以說，卡夫卡和莎士比亞和威爾第，他們都餵養了法國文化，其影響就等同於白遼士和普魯斯特。

接納藝術家和創作是法國文化不可或缺的生命原動力，只要別搞成文化大賣場裡的異國風情陳列區。法國所具備的這一構想：一個巨大的想像博物館，它使人類面對其藝術產物——並不是變成一種體育競賽，而是作為一個超越政治的必要風景——，一個沒有武器的革命，它藉由幸福的內在性發起，它企圖在地方的特殊性裡創造一個共同的想像，而這想像即如同期望。我很清楚地認為是如同一個期望，而不是好比一個全球化的政治計畫。這個全球化的文化計畫是我們普世主義最強勁的對手。它是一種統一化、一種權力打造的單一性，而普世主義則是一種尋找根源的複數。

法國所擁有而能提供給今日世界的，是它以榮譽在地方上進行的實驗，從去中央化被創造出來以後，它就知道要去除地方主義的標籤。共和國對此嚴格要求，因此去中央的國家政府使之成為可能，而這個法國集體無意識的授粉孕育倒也未必失敗。法國文化喜愛世界，熱衷於世界，因為它相信普世主義讓某些事變得可行。

法國精神、法國文化並不是國族的一個戳記，反而是一種擺脫此戳記以及混雜所有世界思想的意志，而要讓英國人、德國人和義大利人瞭解這一點，可是相當困難。就像要讓一位法國的唯美主義者瞭解這一點也是件相當困難的事，因為他拒絕了普世主義，並且自滿於地方的詛咒或是國族的使命。

德國人永遠都會懷疑在國際好處裡以詩意力量招募這回事。因為浪漫主義的遙遠遺產曾經遭國家社會主義曲解。對他們而言，普世主義本質上是反國家主義的計畫，所以也是極權的計畫。可是這一對國家災難的縈繞執念，就好比我們在安塞姆·基弗[1]的系列畫作裡所看到的，也仍舊還是一個

01 譯註：安塞姆·基弗（Anselm Kiefer, 1945-），德國當代藝術家，新表現主義代表之一。創作主題多為：歷史、集體記憶、創傷等，經常引用聖經、民族神話、華格納的音樂、神祕學等，在作品中展現他對德國歷史和納粹時期之恐怖的省思。

揮之不去的國家執念。法國人心甘情願地接受莫里哀不如莎士比亞偉大，康德比博須埃[2]更重要，海德格畢竟是個取之不盡的寶藏。但是法國人不接受，莎士比亞是英國人而英國人卻不明白我們可以理解他們的詩人。然而，我們理解，法國社會的每個時代都該重讀和重新翻譯莎士比亞，這個努力不懈的翻譯是對莎士比亞語言的摯愛，並且以新穎又新生的方式將莎士比亞的語言普世化。法國人在莎士比亞的著作裡，以普世概念的意義層面，看到了符合天主教教義的人。而大不列顛人則是在其中看到他們國族身分的源起。可是出於嫉妒，他們也認為這些翻譯有負於詩人真實的訊息，不然就是，翻譯只能給出一個縮水過的版本。然而，這位英國的天主教作家，卻為他的劇院取名為**環球**（Globe），透過這個可以挖苦的劇院名稱，倒是對照出一個世界性的意圖。

對法國人和德國人來說，歐洲的賭注從未完全相似過，就是因為普世主義的定義之不同。梅耶貝爾[3]創作了法式歌劇，莎士比亞曾是十九世紀作家最完美絕對的導師，而再後來的畢卡索則是巴黎畫家自身的榜樣。所以，在二十世紀後半葉的文化政治裡，重要的是將普世主義的觀念民主化並從中承接獨一無二的能量，而這股能量可以稱為「歐洲」。然而，這是條件式？

02 譯註：賈克・貝尼涅・博須埃（Jacques-Bénigne Bossuet, 1627-1704），法國主教、神學家，以宣道聞名，是路易十四的宮廷佈道師，宣揚君權神授。

03 譯註：賈科莫・梅耶貝爾（Giacomo Meyerbeer, 1791-1864），十九世紀德國作曲家，特別以歌劇創作出名，並融合民族風情，發展主旋律之概念。

還是過去式？歐洲藍圖還剩下什麼？邊界的擴大，脆弱的貨幣聯盟，還是一個變寬廣的覺悟，並且轉向國家告終的烏托邦視野？

康德，在他的美學裡，驚奇於美是一個同時主觀又客觀的價值。他定義美學——總算要來解決這個老問題了——是一種明顯主觀的感情，可是具有客觀的意向。他認為美感是普遍性的，但或許他也認為普遍性是透過審美功能的，意思就是說，並非客觀理性，而是超驗的直觀，好比，沒有理由地呼喚一片更廣大的天空，狂喜出神的期盼卻拒絕擁有期盼的對象。

康德的普世主義完全熱衷於超驗性，它不知道它為何。但是當人們面對令人目瞪口呆的美的時候，它就在他們的內心深處，彷彿一片顛倒的星空。對康德而言，這一普世主義並不是地方主義的超越和對異國文化的觀光興趣。他將人奠定在超驗性之中，這個超驗性為自己感到憂慮不安，而藝術家就是從普遍化的主體性來呈現超驗性。這是普遍性知覺的煉金術。美並非是為所有人而美麗，像收視率所要求的那樣，而是每個人在自己身上找回這種確實性，而他的私密情感能以集體為目標並指出其特性。

法國文化在本質上是普世主義。

可是必須要理解「文化」，不是舉辦節慶的政治，不是拿來馬虎修補社會網絡的膠水，不是為了被視聽媒體大舉洗腦而衰老的青春所辦的補教課程，不是以觀光為由的國家珍寶，不是社會設計裡的才藝，不是一種評價以及設下和創始神話之間的深奧距離感，不是將超越時間的詩意話語平庸化和現代化，不是推動中國加速工業化的漂亮競爭，不是重組社會階層的社交禮節，不是心靈的體育運動好永保青春，不是把休閒活動擴大為認識過去，不是參觀政治景觀的觀光產業，這一切沒有一丁點是法國意義上的文化、真正普世意義上的文化。

文化的普世主義，從社會上、政治上和歷史上來說，都是無用的。或許是可運用的，但是對它自身是無用的。就是它重新學習無用，無用也就是開放、問題、期望，甚至是不安。沒有了這個，它就不是超驗的。而法國文化政治應該要承認，遠非宗教使命，甚至離宗教使命是最遠的，文化是期待普世希望的寧靜地帶。

法國今日面臨著它命運的丟失，它可以變成一個朝自己內縮的小國，然後有時在國際政治上提高音量，可是它通常、最通常的是，在害怕會流失它的經濟利益的時候低下頭來。然而它的行動是清楚的，它帶來人道主義與普世主義的使命。它視這個使命為法國本土的最高抱負，也是國際意識的最高使命。的確，法國利用了這個超驗的想法去合理殖民主義，可是，既然阿爾及利亞戰爭也慶祝終戰五十年了，那麼今日法國就有責任重新抓住這個如此簡單、如此美好的想法。此一想法不是一種文化政治，它就是文化本身，以致於它不敢有任何一個定義。不過，就像每個人都知道，一個想法必須要在歷史的每一刻被孕育和壯大，如果我們不想要它崩毀成意識型態。

然而一個值得這一名稱的文化政治，不能在文化和神聖之間最地下隱密的連結上設下死路。無論如何，它至少都應該思索藝術的世俗化，遠不在於要從作品裡收回它的權力，藝術的世俗化是要在美學的自律裡授與作品新的潛能。

當藝術不再是這個我們不知從何而來的意義，以及說著我們不知為何聽得懂的奇怪語言，可以肯定的是，它便因此降格為物質上的缺陷，然而這些缺陷其實是可以如同資訊、教育、存續等等一樣崇高。康德，讓我再一次地引用他，他從藝術作品有如自然這一觀點，竭盡全力地思考文化；作品並非要模仿自然，而是要如同從所有論證裡被解放出來的自然。如同海洋，畢卡索的作品在其他地方無法找到用處，只能在作品本身找到。一如德國詩人杜爾斯·格林拜因[4]所說，「雲既不是反動份子也不是進步份子，它們僅是在那裡。」這一在那裡，無論是以整個神學的驚嘆或整個科學的沉思來端詳，它都是對無用之明的詩意顯現。也就是在那裡，藝術模仿自然，但是顯然遠非於摹擬的天真，而是同自然模仿藝術一般，在我們目光的這一期望之中，在主體性的本分之中，這一本分共同創造了複數的世界。

但是，當文化體系面對全球化世界的均一性之侵襲時，它為了捍衛藝術而有所轉變，那麼這個藝術是否還繼續存在？這個藝術有其意義，並且經由它能發展出文化的思想，因為在今天這個時代，最虛擬的卻表現得有如最真實的，既然它是最迅速的。確保作品媒介的是它們的速度，迅速反應

—

04 譯註：杜爾斯·格林拜因（Durs Grünbein, 1962-），德國當代著名的桂冠詩人、譯者、文學教授和評論家。

是這世界的真實情況，因此，作品的媒介越是廣大，便越能在這世界裡取得正當性。所以我們都變成了某種蝙蝠，對這種動物來說，在科技媒介毫無約束、一片盲目與暗啞的深夜裡，現實成了一種雷達和超聲波的折返。而現代性的擔保，別無其他，就是科技的成功。

當康德試圖要創立美學時，並不是為了供應藝術市場，也不是為了要推論出什麼文化政治。而是因為美具有超驗的力量，此一力量是其他基礎的關鍵，這些基礎包括了真、善……。完全主觀的感情是如何轉向普遍性和客觀認知的無理由的希望，此刻在概念上必須要去定義其過渡與轉變，而且刻不容緩。在集體需求裡某種程度的個體突變，以美感經驗身不由己地表達，就像無以抑制的表態和投入。對我而言美的，對其他人也應該要一樣，若非如此，美自身也變得荒誕，若非如此，他人便不可觸及。康德非常瞭解，為了能堅定地主觀，美學判斷終究依然是道德問題。而我們要更加瞭解哲學家這一強而有力又神祕的指令：「星空在我之上，道德準則在我身上。」並不是說道德準則用壯麗天空的威力壓垮我，並在宇宙的無限裡奠定自身。而是美學的神奇絢麗表現出普世性，指引我通往道德準則的內在道路。

因此，是精神。而精神想表達的是無條件地轉向意義。可是就連「意義」這個詞語本身，今天都被文化政治所誤解。自然而然浮現的意義，不是一種去發展的意義，它關係到的不是將作品依附在政治、社會、歷史或道德意義上。《格爾尼卡》（*Guernica*）[5]的意義並不在於「反戰」或是揭發法西斯暴力，和平主義不需要《格爾尼卡》。《格爾尼卡》的意義就是《格爾尼卡》，畢卡索的畫作重建了生在世上的可能性，即使這個世界已經被轟炸、碎成一地、毀壞變形又難以辨認。《格爾尼卡》的意義是重建，重建遭不幸毀滅的群體，這不是哀悼，相反地，這是生命的宣言。儘管受到法西斯暴力的摧毀，世界仍然是世界，而其美麗在本質上並不會為砲彈轟炸所傷害。在這裡必須要以海納·穆勒劇作《任務》（*La Mission*）中的句子來銘記：「我懼怕世界的美。」這是羞辱美的醜聞，這個美對抗極權主義，並在它之後仍倖存了下來。

同樣地，今日導演的場面調度，如果想要觸及到意義的話，就不應該把「意義」這個字跟回收政治問題這件事互相混淆，而是應該透過未知和已知的美之呈現，來使生在世上的幸福變得可能。藝術是現今最強大的免疫力，一如德國當代哲學家彼德·斯洛特戴克（Peter Sloterdijk）所理解的那樣，用來對抗虛擬世界所施加的荒蕪蹂躪。而這一免疫性，如果我們沿用他的表達方式，它應該作為一種共同的免疫性，也就是說，把普世主義的機智重新歸還給我們。

所以一個文化政策不該只工作那些能奠定它地位的項目—這又是一項文化藝術祕書處的政績——而是要透過今日的社會去打造出接納的環境，擁

—

05 譯註：《格爾尼卡》（*Guernica*），是畢卡索受西班牙共和國政府之邀，為西班牙館在巴黎世界博覽會創作一幅壁畫，進而催生的重要創作。原本猶豫拒絕的畢卡索，因眼見一九三七年四月西班牙內戰中佛朗哥聯合德義的法西斯勢力，以飛機地毯式轟炸格爾尼卡城，憤怒之下，決定以此為主題而於一九三七年六月完成這幅重要的立體派畫作。

有世界文化遺產和藝術家，讓人永遠都可以在其中參照。此外，想像博物館只消點一點就能免費進入，將大師之作開放給全世界瀏覽的配置剛要完成，可是，剩下還有什麼該做的，如果只有少數人能從中領會作品的奧祕？這其中重要的，並不是要倍減媒介。正好相反，是必須要讓藝術裡向作品說話的話語，透過它自己為自己說話，而為此，必須要替話語建造廟宇。為此，必須要接受藝術同時神聖、恐怖、費解的特性，因為美麗願意成為商品，但是崇高的昇華，和生命的存在一樣，是不能被遞減和販售的。

康德還說，花朵都是美麗的，風暴都是昇華的，而就是因為無法分辨美和昇華，這兩個概念之間的不同，所以文化政治變成了休閒產業。因為，風暴的危險對抗園藝的愉悅[6]，這樣一個藝術實踐上堅定高雅的觀點，並不對立於藝術的全面普及民主化。它只和中產階級的回收相對立，中產階級化並不能為文化民主化做最好的擔保。

我們也可以說，那麼就當個浪漫主義的伏爾泰：「耕耘你的風暴。」在一座花園裡，我們仍然可以施展價值判斷，雖然它和劇評一樣可笑，這朵算美的，這朵有點遜色，這朵還蠻令人驚喜的，那朵缺少力量，那朵太陰暗了，太小了，太大了，太濃烈了，太華麗了，等等之類的。然而，面對風暴時，我們也能夠做出這些價值判斷嗎？太多風浪？雨下得不夠？太快、

—

06 譯註：「園藝的愉悅」（le plaisir du jardinage），應是意指伏爾泰在其小說《憨第德》最後結尾的名句，「我們必須耕種自己的花園。」以此作為對比。

太慢？在西斯廷禮拜堂（la chapelle Sixtine）[7]的穹頂之下，我們能夠花時間去細細辨別透視法的謬誤和色彩的不一致嗎？不能，這是一切，或者是無，因為作品不是美麗，它是昇華。

對於作品的這一全然接受就如同整體性，因為這一全然接受而使作品變成一具瞄準超驗性的機體。如果我們沒找著這種觀看作品的方法，不論作品如何，我們都會和文化一起、甚至是以文化失去文化的本質，而此本質對所有人而言是超越全部語言的既定意義。那麼，失去了本質，可以肯定的是，人們會將創新和時尚的特色混為一談，作品的顛覆性則會在醜聞的鼓動下而不被看見，一件作品的道德價值會被誤認為是它對正確意識型態的贊同，神聖將會被視作宗教性的極權主義，奇妙的目眩卻被當作是照明不足。

在康德思想裡結合昇華與普世的，唯有藝術能夠顯現。不過，請提醒我們自己，康德探尋這個結合的當時，正值法國大革命想像一個抵抗君主專制的世界性起義。法國開啟了首個政教分離的世界意識。而在同一時間，德國浪漫主義建立起一個文化事實的自治，那時還沒有任何一個文明敢這麼做。它提供給每個人的並非自由和法國大革命的民主權利，而是整體性的覺知，讓所有個體都有能力獲得整體性，也就是說，有感性的能力。於浪漫主義者而言，思想變成一種感情。而將理性神化則確實把法國帶入政

07 譯註：位於梵蒂岡的禮拜堂，以米開朗基羅在禮拜堂內繪製的傑出作品：穹頂畫《創世紀》和壁畫《最後的審判》而聞名。

治僵局。不過，被人民表現得有如政治力量的普世意識也確實盜用了宗教的超驗工具。

文化政治應該要讓所有人都可以超越國族考量和價值判斷，以達到內在的自由。這一自由不會唯我獨尊，而是自告奮勇。今日，當繪畫和文學的整體遺產都是可親近的時候，我們可以說文化的普世主義革命完成了第一個階段。可是，很快地，普世主義立刻就迷失在這一勝利之中，並且不安於它自己的流變。既然作品被無止盡地複製也就貶低了自身，其內容也跟著變得模糊並且離題。它的源頭變得難以進入，而一如蒙娜麗莎的防護效應禁止了觀看的目光，好比在那片防彈玻璃上，人群自此只能看到自己的倒影，那便是文化消費。

感謝

向 Muriel Ryngaert、Karine Gloanec-Maurin、Patrick Laudet 致謝，他們各以自己的方式敦促作者寫下這些文章。

作者著作

劇作

La Servante, Actes Sud-Papiers, 1995 et 2000 (nouvelle édition), Babel n° 886, 2008.

Le Visage d'Orphée, Actes Sud-Papiers, 1997.

L'Apocalypse joyeuse, Actes Sud-Papiers, 2000.

Epître aux jeunes acteurs pour que soit rendue la Parole à la Parole, coll. "Apprendre", n° 13, Actes Sud-Papiers, 2000.

L'Exaltation du labyrinthe, Actes Sud-Papiers, 2001.

Jeunesse, Actes Sud-Papiers, 2003.

Le Vase de parfums suivi de Faust nocturne, Actes Sud-Papiers, 2004.

Les Vainqueurs, Actes Sud-Papiers, 2005.

Illusions comiques, Actes Sud-Papiers, 2006.

Les Enfants de Saturne, Actes Sud-Papiers, 2007.

Théâtre complet I, Babel n° 886, 2008.

La Vraie Fiancée, coll. "Heyoka jeunesse", Actes Sud-Papiers, 2009.

Théâtre complet II, Babel n° 939, 2009.

Théâtre complet III, Babel n° 1052, 2011.

Le Soleil, Actes Sud-Papiers, 2011.

Orlando ou l'impatience, Actes Sud-Papiers, 2014.

譯作

eschyle, *L'Orestie*, Actes Sud-Papiers, 2008.

–, *La Trilogie de la guerre* suivi de *Prométhée enchaîné*, Actes Sud-Papiers, 2012.

SHAKESPEARE, *Roméo et Juliette*, Actes Sud-Papiers, 2011

SHAKESPEARE, *Le Roi Lear*, Actes Sud-Papiers, 2015.

小說

Paradis de tristesse, Actes Sud, 2002 ; Babel n° 698, 2005.

Siegfried, nocturne, Actes Sud-Papiers, 2013.

Excelsior, Actes Sud-Papiers, 2014.

Le Cahier noir, Actes Sud-Papiers, 2015.

Les Parisiens, Actes Sud-Papiers, 2016.

散文

Cultivez votre tempête, Actes Sud-Papiers, 2012.

CD

Les Ballades de Miss Knife, Actes Sud (distribution Naïve), 2000.

其他

Discours du nouveau directeur de l'Odéon, Actes Sud-Papiers / Odéon-Théâtre de l'Europe, 2007

Les 1001 définitions du Théâtre, Actes Sud-Papiers, 2013.